Alt BDSM

Underdanig
Kvinnekokktrilogi

Erika Sanders

Alt BDSM
Underdanig Kvinnekokktrilogi
Erika Sanders

Alt BDSM

Synopsis

Den består av følgende romaner:
Underdanig Kvinnelig Kokk 1
Underdanig Kvinnelig Kokk 2
Underdanig Kvinnelig Kokk 3

Alt BDSM er en roman med et sterkt erotisk BDSM-innhold og på sin side en ny roman som tilhører samlingen **Erotisk Dominans og Underkastelse**, en serie romaner med et høyt romantisk og erotisk BDSM-innhold.

(Alle karakterer er 18 år eller eldre)

Merknad til forfatter:

Erika Sanders er en internasjonalt kjent forfatter, oversatt til mer enn tjue språk, som signerer sine mest erotiske forfatterskap, bort fra sin vanlige prosa, med pikenavnet sitt.

Indeks:

ALT BDSM
UNDERDANIG
KVINNEKOKKTRILOGI
ERIKA SANDERS

UNDERDANIG KVINNELIG KOKK
1

13

GJENSIDIG SAMTYKKE

15

KAPITTEL 1

Brevet var en velsignelse.

Hun klarte knapt å holde tilbake tårene.

Cristina hadde nettopp fullført kulinariske studier, og hennes nye cateringvirksomhet fikk en vanskelig start.

Han sto i sin lille leilighet og gjennomgikk hvert ord i det håndskrevne brevet.

Kjære cristina,

Jeg håper dette brevet når deg. Unnskyld meg, men jeg bruker ikke e-post. Og jeg liker generelt ikke telefonsamtaler. Jeg er ute av moten.

Jeg er en bekjent av moren din. Vi møttes kort på en felles venns fest for flere uker siden. Moren din nevnte tilfeldig cateringvirksomheten din flere ganger. Jeg tenkte på det og det høres interessant ut. Jeg har aldri ansatt en cateringfirma før.

Hvis du er interessert i en ny kunde, ta kontakt med meg, så kan vi kanskje komme til enighet. Jeg er en forferdelig kokk. Og jeg hørte at du er veldig flink.

Beste ønsker og lykke til med virksomheten din,
Paul

Til slutt, tenkte hun. Lykke begynte å komme hans vei.

KAPITTEL 2

En uke senere.

Cristina kjørte gjennom det velstående nabolaget i sin oppkjørte gamle bil.

Han vakte tydelig oppmerksomhet, men han brydde seg ikke.

Jeg var glad for å være i dette nabolaget for en mulig potensiell jobb.

Han parkerte ved inngangen til adressen han hadde fått beskjed om.

Jeg ante ikke hvordan Paul så ut.

Deres eneste virkelige interaksjon var en kort telefonsamtale for å sette opp møtet.

Christina banket på døren.

En eldre svart kvinne svarte.

Kvinnen hadde på seg et hushjelpantrekk.

Kvinnen forble merkelig stille mens de så på hverandre.

"Hei," sa Cristina keitete. "Jeg er her for å se Paul."

Den gamle svarte kvinnen nikket.

"Kom inn her."

Cristina kom inn og hushjelpen lukket døren.

Hushjelpen førte henne opp trappene i et ganske stort hus.

Cristina så rundt seg med misunnelsesfylte øyne.

Alt var gammelt, mørkt og rustikk.

Det var antikviteter overalt.

Klassiske malerier ble vist på veggene.

De kom til en gang og hushjelpen åpnet en dør etter å ha banket først.

Cristina kom inn, så dro hushjelpen.

Det var et kontorrom.

Paul satt bak skrivebordet og jobbet.

Han var en kjekk mann i 40-årene.

Han hadde et steinlignende uttrykk i ansiktet som var umulig å lese.

Ansiktet hans var perfekt for poker.

Ansiktet hans forble uttrykksløst.

"Vennligst sett deg," sa han.

Cristina ble skremt av hans tilstedeværelse og av hennes egen mangel på forretningserfaring.

Han hadde aldri avsluttet en avtale før.

Hun satte seg ved skrivebordet sitt.

"Du må være ny på denne linjen," sa hun.

"Hvorfor sier du det?"

"Jeg kunne føle nervøsiteten din når du kom inn. Du bør prøve å slappe av. Ikke bekymre deg, jeg er her for å hjelpe deg med det du trenger."

Hun ga et pinlig smil.

"Jeg skal ha det i bakhodet."

"Ok. Fortell meg nå om cateringvirksomheten din."

«Vel, det er fortsatt ganske nytt,» sa han etter å ha tenkt litt på det. "Jeg kan tilberede måltider for å møte dine spesifikke preferanser. Hvis du trenger catering til en fest, kan jeg ansette flere folk. Jeg har mange venner fra kulinarisk skole."

"Det vil ikke være nødvendig. Jeg foretrekker at du jobber alene. Det er færre problemer på den måten."

Christina nikket på hodet.

"Jeg antar at du bor alene og du vil at jeg skal tilberede måltidene dine."

"Veldig smart."

"Hadde du en bestemt avtale i tankene?"

«Det kommer an på», svarte Paul. "Er du opptatt? Er du opptatt?"

Hun ga ham et flau smil.

"Tvert imot. Du er min første virkelige klient. Jeg har gjort småting her og der. Hovedsakelig for venner av min mor som gjorde meg en tjeneste."

"Vil du ha gratis forretningsråd? Avslør aldri en svakhet. Høres ikke bra ut."

"Å visst. Jeg skal huske."

"Når det gjelder en avtale," svarte Paul. "Kan du lage mat til meg? Lunsj og middag."

"Jada. Det vil ikke være noe problem."

"Utmerket. Jeg vil gjerne ha måltidene mine levert til huset mitt klokken 11:30. Mandag til fredag."

"Selvfølgelig," sa hun enig.

"Denne avtalen vil i det minste vare i de neste månedene. Hver av oss har muligheten til å kansellere avtalen når som helst. Forstått?"

"Ja jeg forstår."

"Utmerket."

"Har du noen matpreferanser?" spurte Christina. "Mine spesialiteter inkluderer fransk, italiensk og forskjellige stiler i Asia..."

Han ristet på hodet.

"Det spiller ingen rolle. Bare ta henne med i tide."

"Vi vil."

"La oss nå diskutere tallene. Hvordan høres $100 per dag ut for deg? Er det rettferdig?"

Christinas øyne ble store.

Arbeidet og beløpet som ble tilbudt var mye mer enn han forventet.

Hun skjønte at hun må ha sett dum ut med et hundevalpeuttrykk i ansiktet, så hun kom til ro igjen.

«Det høres fornuftig ut», svarte han rolig. "Ja, det er greit."

"Så det er avgjort. Kan du begynne i morgen?"

"Ikke noe problem. Men er du sikker på at du ikke vil prøve maten min først?"

"Ærlig talt, jeg bryr meg ikke om hvordan mat smaker. Du gikk på kulinarisk skole. Det er bra nok for meg. Jeg vil ikke bekymre meg for mat mens jeg jobber."

Christina nikket på hodet.

"Ok. Jeg forstår. Kan jeg spørre hva du gjør? Huset ditt er vakkert. Jeg elsker den rustikke atmosfæren."

"Jeg har gjort en rekke ting i livet mitt. Jeg er kunsthandler i disse dager. Jeg driver også med sjeldne antikviteter. For øyeblikket fokuserer jeg på å skrive."

"Hva skriver du?" hun spurte.

"Noen memoarer. Jeg påstår ikke at jeg er kjent eller viktig. Men jeg har noen historier å dele. Det ville vært synd om ingen hørte dem. Jeg jobber også med noen skjønnlitterære bøker."

"Åh, høres interessant ut. Kanskje jeg kan lese dem en dag. Jeg elsker å lese biografier og memoarer."

Paul smilte litt.

"Jeg tror ikke du er interessert."

"Hvorfor ikke?"

"Det er en antagelse. Men hvem vet? Noen ganger tar jeg feil om disse tingene."

«Ok,» nikket Cristina keitete.

Paul reiste seg og gikk mot Cristina.

Hun forsto og reiste seg også.

Paul var nesten en fot høyere enn henne.

Fysikken hans ruvet over Cristinas slanke og petite kropp.

Han rakte ut hånden og de håndhilste.

"Vi har offisielt en avtale," sa han. "Jeg forventer det første settet med måltider i morgen kl. 11.30 om morgenen. Ikke kom for sent. Jeg tolererer ikke ulydighet."

Hun svelget.

"Ja sir."

KAPITTEL 3

Cristina var fortsatt imponert over møtet med Paul.

Han la seg på sengen og så opp i taket.

Tilbudet virket for godt til å være sant.

Det var nesten ikke til å tro.

Men han var redd det hadde vært en grusom spøk, tenkte han.

Hun tok opp telefonen og ringte moren.

Moren hans svarte alltid på anropene hans med noen få ring.

Da hun tok telefonen, kastet Cristina ikke bort tid på å forklare henne alt.

Ingen detaljer ble spart på.

Cristina fortalte moren sin alt om tilbudet og alle følelsene hun hadde da hun møtte Paul.

"Det er fantastisk," svarte moren.

"Jeg vet. Det er galskap, ikke sant? Men jeg vil ikke tro noe av dette før pengene dine er i min hånd. Inntil da ser jeg for meg det verste."

"Fokuser på positive tanker, Cristina. Virksomheten din tar endelig fart."

"Jeg håper det. Jeg mener, $100 per dag for to måltider? Selv om han sparker meg neste uke, vil jeg fortsatt være glad for at jeg tjente så mye penger."

"Jeg ville ikke bekymret meg for det."

"Hva mener du?" spurte Christina.

"Tilsynelatende har Paul gode økonomiske reserver."

"Jeg la merke til det. Huset hans var som et museum."

"Der har du det. Du trenger ikke å bekymre deg for at økonomien hans går tom. Bare hold ham fornøyd med gode måltider, god service, og ikke kom for sent."

"Hva vet du om den fyren?" spurte Cristina i en mer alvorlig tone. – Det virker litt rart, gjør det ikke?

Moren tenkte seg om et øyeblikk.

"Soms. Jeg møtte ham bare én gang på en fest. Han er en veldig smart fyr. Ikke noe tull. Rett opp."

"Det er definitivt ham," spøkte Cristina.

"Ikke undervurder ham. Han er tydeligvis en sjarmør blant damene."

"Egentlig?"

"Det er det jeg har hørt. Sørg for å holde deg unna den uimotståelige sjarmen hans," spøkte han.

"Veldig morsomt," svarte Cristina. "Definitivt ikke min type. For gammel. Og for kjedelig."

"Jeg er glad for at virksomheten din har fått en god start."

"Vi får se."

"Fokuser på positive tanker, Cristina."

KAPITTEL 4

Ukene gikk.

Cristina hadde allerede forberedt dusinvis av måltider for Paul.

Og hun hadde tjent tusenvis av dollar i løpet av den tiden.

Den daglige rutinen var alltid den samme.

Stå opp tidlig om morgenen.

Kokk.

Legg alt forsiktig i beholdere.

Ta ham med til Pauls hus før 11:30 om morgenen.

Kom aldri for sent.

Og aldri være ulydig.

En dag ble Cristina bedt om å tilberede lunsjen, som hun hadde tatt med, på en tallerken på kjøkkenet.

Så det gjorde hun.

Det var første gang jeg hadde gjort oppgaver på Pauls kjøkken.

Hun var stolt av maten sin.

Hun visste at det smakte godt, selv om Paul aldri hadde komplimentert henne for det.

Han kom ned i uformelle klær.

Som alltid var ansiktet hans nesten uttrykksløst.

Han så på maten som lå på spisebordet og gadd ikke å kommentere det.

"Skal jeg gå nå?" spurte Cristina keitete.

"Bli et øyeblikk. Det er noe jeg vil spørre deg om."

"Vi vil."

Paul satt ved spisebordet mens Cristina ble stående.

"Hvilke andre tjenester tilbyr du?" spurte. "Foruten å lage mat."

Cristina ble overrasket og sto på sitt.

Han forberedte seg på flere fremskritt.

Jeg var forberedt på seksuell trakassering.

"Jeg sørger for ærlig catering. Jeg lager gourmetmåltider. Det er det. Hvis du leter etter andre tjenester, foreslår jeg at du ser andre steder."

"Og hvorfor det?" spurte han strengt.

"Ærlig talt, du er ikke min type."

"Du er ikke min type heller."

Hun følte seg enda mer fornærmet.

"Se, jeg synes ordningen vår fungerer bra. La oss beholde det slik. Noe annet kommer ikke til å fungere."

"Tror du jeg ber om seksuelle tjenester?" spurte.

Christina frøs.

"Er det ikke slik?"

"Jeg tror det ikke."

Ansiktet hans ble rødbete.

"Å, beklager sir."

«Glem det», svarte han. "Jeg spør fordi hushjelpen min skal gå av med pensjon snart. Hvis du har ekstra tid, kan du kanskje hjelpe meg med rengjøringsarbeidene mine."

"Hva burde jeg gjøre?"

"Ikke noe vanskelig. Vask oppvasken. Hold alt rent."

— Det må jeg tenke på.

«Du vil bli godt kompensert, selvfølgelig», svarte han. "Og ikke bekymre deg, jeg vil ikke be deg om sex. Du er ikke min type."

Hun rødmet igjen.

"Beklager tidligere. Men jeg skal vurdere det. Hvorfor ikke?"

"Vurder tilbudet. Jobben min går knirkefritt, og jeg vil sette pris på litt hjelp med vedlikehold av hjemmet."

"Du går ikke mye ut, gjør du?"

«Jeg har allerede reist verden rundt og sett alt», svarte han. "I denne delen av livet mitt fokuserer jeg på å skrive. Noen ganger går jeg ut. Jeg elsker fortsatt å trene. Men jeg vil ikke bekymre meg for husarbeid. Du virker som en dyktig ung kvinne, så jeg tilbyr deg ekstra arbeid."

Christina nikket på hodet.

"Det er veldig sjenerøst av deg."

"Med de ekstra pengene kan du kjøpe deg en ny garderobe og en ny bil."

Hun følte seg litt irritert over den kommentaren.

"Jeg skjønner det. Jeg trenger penger. Du trenger ikke gni det inn."

"Jeg prøvde ikke."

"Fint. Jeg skal. Jeg skal gjøre litt ekstra rengjøring for deg."

"Utmerket," svarte han med et sjeldent smil. — Vi diskuterer ordet senere.

Hun gikk bort til Paul og rakte ut hånden for et håndtrykk.

Paul reiste seg som en gentleman og håndhilste på henne.

Avtalen ble forseglet.

DEN LUKKET DØREN

29

KAPITTEL 5

Cristina klarte å finne noen få andre kunder for noen småjobber.

Men det meste av arbeidet hennes ble gjort for Paul.

Hun tilberedte måltidene deres hver dag i uken.

Over tid begynte hun å gjøre mer arbeid for ham.

Hun gjorde små rengjøringsjobber for litt ekstra penger.

Cristina hadde alltid vært en uorganisert person rundt huset, så det var ironisk at hun gjorde husarbeidet for noen andre.

Men pengene var gode, så han brydde seg ikke.

Oppvasken måtte ryddes og ordnes på en bestemt måte.

Vinduene måtte være plettfrie.

Møblene måtte være fri for støv.

Paul vasket gulvene selv.

Paul var en veldig spesiell person.

Og disse trekkene gjorde Cristina uhengt til tider.

Men pengene var gode.

På en måte var Cristina stolt over å hjelpe Paul.

På en merkelig måte følte han at han hjalp Paul med å nå målet om å kunne skrive bøkene sine.

Hun brydde seg om ham som person.

KAPITTEL 6

Spisebordet var ryddig.

Lunsjen var klar.

Cristina så på tallerkenen og beundret hennes vakre arbeid.

Kulinarisk skole hadde lønnet seg.

Han kunne ikke vente på at Paul skulle prøve det, selv om Paul aldri ga komplimenter.

Paul var uvanlig sent ute til lunsj.

Han var aldri sen.

Døren oppe var litt åpen og Cristina lyttet mens tastaturet ble brukt rasende.

Hun visste at han fortsatt var opptatt.

Hun gikk mot trappa og lurte på om hun skulle ringe ham eller ikke.

Hun ønsket ikke å avbryte arbeidet.

Men hun visste at Paul var en mann som trengte orden.

Kanskje du har mistet oversikten over tid?

Så så hun henne.

I nærheten av trappa var døren åpen, litt åpen.

Det var et rom som Paul hadde sagt var forbudt.

Paul ville at jeg skulle rydde alle rommene bortsett fra dette rommet.

Cristinas nysgjerrighet nådde sitt høydepunkt.

Jeg hørte fortsatt på Paul som skrev ovenpå.

Hun ville ta en titt på det hemmelige rommet.

Han ønsket å vite Pauls små hemmeligheter , uansett hvor små.

Hun var interessert i ham.

Hun var interessert i mannen hun hadde tjent i flere uker.

Han tok noen rolige skritt mot døren.

Hun stakk hodet inn.

Rommet var mørkt.

Han slo på lysbryteren og rommet var strålende opplyst.

Til Cristinas overraskelse var soverommet det minst elegante stedet i huset.

Men de så alle ut som antikviteter.

Han gikk inn og så seg rundt.

Det var en rekke tre- og metallenheter.

Designene så ut til å være fra middelalderen.

Apparatene virket store nok til at en person kunne sitte eller legge seg på.

På veggen hang det forskjellige pisker og lenker.

Det var mange tau på et bord i nærheten.

Cristina brukte fingeren til å ta på en metallenhet.

Han førte fingeren over den og så på den.

Fingerspissen var dekket av et fint lag med støv.

Rommet hadde ikke vært brukt på lenge.

"Du burde ikke være her," sa Paul bakfra.

Cristina ble overrasket av lyden av stemmen hans og hoppet.

Hun snudde seg for å se Paul stå ved døren.

"Å, jeg beklager."

"Sa jeg ikke at dette rommet er ute av oppgavene dine?" spurte han og gikk uformell inn.

"Jeg vet. Men det var åpent og jeg var nysgjerrig. Jeg tenkte at du kanskje ville at jeg skulle rense den."

"Nei. Jeg hadde tenkt å rense den selv senere."

Christina svelget.

"Maten din er klar. Det begynner å bli kaldt."

«Det kan vente», svarte han og gikk inn i rommet for å se på enhetene . "Du må lure på hva alt dette er."

"Det ser ut som et middelaldersk torturkammer."

"Du har nesten rett. Noen av disse tingene ble bygget for århundrer siden i middelalderen. Men ikke nødvendigvis for tortur."

"Så for hva?"

"Glede. Seksuell nytelse," svarte han rett ut.

Christina ble overrasket.

"Jeg kan ikke forestille meg hvordan. Disse tingene ser så smertefulle ut."

"Det er poenget."

"Så de er bondage-enheter, i grunnen?"

Han var enig.

"Disse fetisjene har eksistert i århundrer. Kan du tro at disse enhetene ble bygget for kongelige familier og adel?"

"Jeg ville ikke bli overrasket. De fleste rike mennesker er litt fordervet."

Han hevet et øyenbryn.

"Inkluderer det meg?"

"Å nei, jeg mente ikke deg," rygget hun raskt.

"Jeg bare tullet."

Christina slappet av.

"Selvfølgelig. Så hvorfor er alle disse tingene låst i dette rommet? Hvorfor selger du dem ikke til et museum eller noe?"

"Kanskje en dag. Men foreløpig skriver jeg om dem i boken min. Jeg hadde også planer om å ta bilder av dem. Det var derfor rommet var åpent."

"Boken din må være interessant."

«Jeg håper det», svarte han. "Jeg har skrevet om sex. Den typen dominans og seksuelt slaveri."

Christina hevet øyenbrynene.

"Virkelig? Du virker ikke som typen mann for sånt."

"Så hva slags fyr ser jeg ut som?"

"Jeg vet ikke. Soft. Strawberry. No offence."

«Ingen fornærmelse», svarte han. "Jeg var en veldig annerledes person for år siden. Jeg var ikke alltid så tilbaketrukket."

"Hva endret seg?"

Paul gned fingrene mot en metallenhet.

"Det er en lang historie. Du kan lese boken min når jeg er ferdig med å skrive den."

"Vel, jeg ser frem til det. Det høres ut som du har noen interessante historier å fortelle."

"Vet du hva en mester er?" spurte.

«Bare det grunnleggende,» trakk han på skuldrene. "En fyr som sjefer kvinner rundt. Pisker. Kjeder. Spanking. Sånt, ikke sant?"

"Mer eller mindre. Jeg har vært en mester for mange underdanige kvinner. Vakre kvinner med mørke ønsker."

"Slo du dem?" spurte hun nysgjerrig.

"Noen ganger."

"Hva med disse enhetene?" hun spurte. "Har du noen gang brukt dem på slavene dine?"

"Av og til. Men metodene er ikke viktige. Det handler ikke om spanking eller utstyr. Det handler om overgivelse. De gir meg kroppene sine. Og jeg gjør hva jeg vil med dem. Til syvende og sist er gleden gjensidig."

Cristina var stille et øyeblikk.

Han så direkte inn i Pauls øyne og visste at hvert ord han sa var sant.

Hun visste at det var noe Paul hadde erfaring med.

Hun visste at det var noe Paul lengtet etter å gjøre igjen.

"Maten din blir kald," sa han.

"Er det alt du bryr deg om?"

Hun frøs et øyeblikk.

"Vel, catering er det du ansatt meg for, er det ikke?"

"Du er en smart jente," sa han med et lett smil. "Du begynner å like meg."

Paul gikk bort og ga Cristina et vennlig klapp på skulderen.

Så snudde han seg og forlot rommet mens Cristina ble forvirret etter det vanskelige møtet.

Hun fulgte ham inn i spisestuen og så ham spise.

KAPITTEL 7

Senere samme kveld.

Det var telefonsamtalen Cristina hadde fryktet skulle komme de siste månedene.

"Som?!" spurte Christina.

«Endelig er det på tide», svarte moren. "Din far og jeg vil ikke lenger støtte deg økonomisk. Vi føler at du er gammel nok til å klare deg selv."

"Du skjønner at det er dyrt å bo i byen, ikke sant?"

"Kjære, ingen tvinger deg til å bo i byen. Du kan alltid flytte nærmere hjemmet og finne noe billigere å bo."

«Nei takk,» sukket Cristina.

"Jeg vet ikke hvorfor du oppfører deg så overrasket. Jeg har varslet deg de siste månedene. Da jeg var på din alder, jeg..."

"Tidene har endret mamma. Har du sett nyhetene? Denne økonomiske situasjonen er tøff. Levekostnadene er vanvittige"

«Men virksomheten din tar fart», svarte moren.

"Knapt."

"Du må være litt mer forretningskyndig hvis du vil lykkes. Det er så mange potensielle kunder i byen. Alt du trenger å gjøre er å finne dem. Du er en god kokk og et godt menneske. Jeg har tro på i deg, Cristina."

"Ja, du har rett. Jeg tenkte å ta kontakt med forskjellige firmaer for å se om de trenger catering til fest."

«Det er entreprenørånden», svarte moren stolt.

"Hvis livet var så enkelt."

"Gode ting kommer når du er utholdende. Apropos det, jobber du fortsatt med Paul? Hvordan går det?"

"Det går bra," sa Cristina vagt.

"Vel? Er det alt? Noen interessante detaljer?"

"Ikke egentlig. Jeg lager mat til ham fem dager i uken. Han betaler meg mye penger for tjenesten min. Han er en merkelig fyr."

«Se hvem som snakker,» spøkte moren.

"Morsom."

"Jeg bare tuller. Du har rett. Paul virker litt stående. Men han er en smart fyr."

"Hun er definitivt en interessant person," svarte Cristina. "Og han holder meg ansatt. Så jeg kan ikke klage."

"Det burde du heller ikke. Hvis du vil at virksomheten din skal vokse, må du alltid gjøre kundene fornøyde. Det har alltid fungert for meg."

Christina stoppet opp et øyeblikk.

"Du vet, du ga meg bare en idé."

"Jeg er ikke sikker på at jeg liker lyden av det."

"Takk mamma. Du er best."

"Vel, pass på, Cristina. Jeg er alltid der for deg. Jeg elsker deg."

"Jeg elsker deg også mamma."

Etter at samtalen ble avsluttet, hadde Cristina en sterk følelse av besluttsomhet.

Hun var fast bestemt på å lykkes uten foreldrenes hjelp.

KAPITTEL 8

Den neste dagen.

Cristina ventet oppmerksomt mens Paul spiste lunsjen sin.

Hun ryddet kjøkkenet og tok seg av litt husarbeid for ham.

Da Paul var ferdig med å spise, gikk hun tilbake til spisestuen og tok tallerkenen fra ham.

Før Paul hadde en sjanse til å gå, stilte hun seg foran spisebordet med en respektfull holdning.

«Jeg har tenkt,» sa Cristina med hendene sammen. "Denne ordningen har virkelig fungert bra. Jeg har tatt meg av de fleste måltider og husarbeid , og slik at du kan fokusere på arbeidet ditt."

Paul gikk tilbake, vel vitende om at et frieri kom.

"Jeg er enig. Dette har fungert bra. Bedre enn jeg forventet."

"Så hvordan ville du følt det hvis jeg ville utvide oppgavene mine her? For ekstra penger, selvfølgelig."

"Du gjør allerede mer enn jeg trenger. Og jeg betaler deg allerede en ekstremt sjenerøs lønn."

"Jeg setter pris på det," sa Cristina høflig. "Men du ville ha mer nytte hvis jeg gjorde flere ting for deg. En kvinnes berøring er alltid nyttig for en enslig mann."

Paul tenkte seg om et øyeblikk.

"Det er et interessant poeng. Fortsett."

"Jeg er sikker på at det er mange andre ting jeg kan gjøre for deg."

"Som hva?"

Cristina var ettertenksom et øyeblikk.

"Vel, det er opp til deg. Kanskje jeg kunne rengjøre de enhetene i det låste rommet. Det rommet var støvete. Jeg kunne gjøre en ekstra jobb med å rydde. Og kanskje jeg kunne arrangere en fest for deg."

"Hvorfor er du så interessert i mer penger plutselig?" spurte Paul.

"Jeg tror du kan dra nytte av en kvinnes berøring. Tenk på alle festene du kan arrangere. Folk ville elske maten. Det sosiale livet ditt ville vært flott."

"Fortell meg sannheten. Hvorfor trenger du ekstra penger?"

Cristina stoppet et sekund.

"Foreldrene mine kommer ikke til å gi meg mer penger. Og husleien i denne byen er overveldende. Hvis det er noe annet du trenger at jeg skal gjøre her, så gjør jeg det gjerne."

Paul nikket sympatisk.

"Jeg liker deg som person, Cristina. Du jobber hardt og har det gøy å gjøre det. Men jeg kommer ikke til å gi deg penger gratis, spesielt når jeg allerede betaler deg godt."

"Jeg forstår", svarte Cristina, og prøvde å holde tristheten sin under kontroll. "Takk for at du lyttet uansett. Jeg kommer tilbake i morgen."

"Jeg har ikke nådd sluttpunktet mitt ennå," la han til. "Jeg skal prøve å tenke på noe. Noe som passer for dine ferdigheter og egenskaper. Når jeg finner noe, vil jeg gi deg beskjed, og du vil bli belønnet for det. Høres det rett ut?"

Hun smilte.

"Høres bra ut".

KAPITTEL 9

Dagene gikk.

Paul kom aldri med et tilbud.

Cristina spurte ham aldri fordi hun ikke ville være til bry.

Hun forberedte Pauls lunsj som hun pleier.

Paul kom ned til spisestuen tidligere enn vanlig.

Han satte seg ned og ventet mens Cristina fortsatt gjorde alt klart.

«Det ser bra ut», sa hun da Cristina tok med seg tallerkenen med mat.

Det føltes virkelig som et merkelig øyeblikk for ham å gratulere henne.

"Takk. Det er lammestek med en side av bakte grønnsaker."

Paul dro opp et sete ved siden av henne.

"Sett deg ned. Det er noe jeg vil diskutere med deg."

Cristina satte seg ned og ventet på hva hun hadde å si.

"Jeg har tenkt på forespørselen din om mer arbeid," sa han. "Spesielt om behovet for et feminint preg her rundt. Uansett, jeg kommer rett på sak, jeg kan bruke noen av dine som inspirasjon til skrivingen min."

"Inspirasjon? Hvordan det?"

"Kanskje du kan posere for meg. Jeg har slitt med writer's block i det siste, og du kan kanskje hjelpe meg med noe å se på."

Cristina ga et bekymret uttrykk.

"Er du sikker på at du ikke vil at jeg skal arrangere en fest for deg eller noe? Det vil nok fungere bedre."

«Jeg er ikke interessert i å arrangere en fest», svarte han og lente seg tilbake i stolen. "Beklager, jeg spurte bare. Det var upassende."

Hun tenkte seg om et øyeblikk.

"Hvor mye penger vil du tilby?"

"Det kommer an på."

"Av?"

"Fra arbeidet du skal gjøre," sa han. "Jeg har aldri ansatt en modell før. Men jeg vet at det ville hjelpe med skrivingen min."

"Å vel, jeg skal ha det i bakhodet."

"Ikke gjør det. Det var en feil å spørre. Hvis du ikke har noe imot det, vil jeg gjerne spise nå. Jeg har andre ting å gjøre senere."

"Jeg vil gjøre det!" Christina knipset.

"At?"

"Modellerjobben du tilbød meg. Ingen vil vite det, ikke sant? Det forblir strengt tatt mellom oss, ikke sant?"

"Det stemmer," sa han enig. "Det vil ikke være noen registrering av det. Jeg trenger bare inspirasjonen."

"Jeg er interessert."

Paul ga et lett sukk.

"Jeg tror ikke du forstår. Jeg var forhastet med tilbudet mitt. Jeg tror ikke min smak er for deg."

"Hvorfor ikke?"

"Fordi du så så ukomfortabel ut i dominansrommet."

Cristina var litt forvirret.

Plutselig innså hun at Paul lette etter inspirasjon til dominanshistoriene sine.

Men uansett tenkte han på penger.

"Jeg kan lære å være komfortabel med det," svarte hun. "Bare gi meg tid. Så lenge ingen vet, går det bra."

Paul ga ham et langt, skeptisk blikk.

"Som du ønsker. Meld fra her i morgen klokken halv ni om morgenen. Vi ordner det fra da av."

"Takk skal du ha."

Cristina reiste seg og rakte ut hånden for et håndtrykk.

Paul strakte ut hånden hennes.

KAPITTEL 10

Senere samme kveld.

Cristina var på kjøkkenet og forberedte måltidene til neste dag.

Hun visste at hun ikke ville ha tid til å gjøre det dagen etter, siden Paul forventet at hun skulle være der klokken halv ni om morgenen.

Etter at alt var forberedt, så Cristina på seg selv i speilet.

Hun lurte på om hun var pen nok til å modellere for Paul.

Han lurte på hvilke overraskelser som ville være i rommet.

Om det ville være søtt eller ikke.

Og han lurte på hvor mye penger vi snakket om.

Paul hadde alltid vært raus med økonomiske betalinger.

Mest av alt lurte hun på hvor mye dominans Paul ønsket å se.

Cristinas rasjonelle side kontrollerte situasjonen: penger er bra.

Og ingen vil noen gang få vite det.

Min lille hemmelighet med Paul.

Hun kledde av seg og prøvde noen pene antrekk foran soveromsspeilet.

Hun bestemte seg til slutt for en enkel gul kjole.

Det var ikke så avslørende.

Og han var ikke så snål heller.

Det var det glade mediet.

Hun børstet håret og tenkte på hvor mye sminke hun skulle bruke.

Så hun bestemte seg for å la være.

Det ville gjøre situasjonen for vanskelig.

Alt var klart.

Hun var klar for jobb.

KAPITTEL 11

Morgenen neste dag.

Cristina dukket opp hjemme hos Paul klokken kvart over åtte.

Hun ville sørge for at den var forberedt på forhånd.

Hun hadde på seg sin gule kjole.

Håret hennes var pent stylet og ansiktet var rent for sminke.

Hun var allerede naturlig pen.

Etter at Cristina plasserte matbeholderne inne i kjøleskapet på kjøkkenet, satt de sammen i det private rommet, på treapparatene.

"Hva har du i tankene?" spurte Christina.

"Det kommer an på. Hva er grensene dine?"

Christina trakk på skuldrene.

"Jeg vet ikke. Jeg har aldri gjort denne typen ting før."

— Da må vi vel finne ut av det.

Cristinas øyne feide raskt rommet igjen.

Det var det kjedeligste rommet i huset.

Veggene var glatte.

Men det var eldgamle enheter av forskjellige størrelser og former.

De så alle så skremmende ut.

"Jeg vil ha et åpent sinn," sa han. "Men jeg liker ikke smerte. Og jeg vil ikke at du skal presse meg for fort. Det er ingen grunn til å skynde seg. Ok?"

Han var enig.

"Takk for at du var tydelig. Du skal vite at jeg er en veldig tålmodig mann. Jeg har gjort det i mange år med utallige underdanige kvinner. Jeg presser aldri lenger med mindre hun er klar."

Disse ordene sendte en merkelig følelse nedover Cristinas ryggrad.

Jeg kunne ikke slutte å tenke på uttrykket "underdanige kvinner".

I løpet av få øyeblikk innså hun at hun godt kunne være i samme posisjon som de "underdanige kvinnene".

"Ok," sa hun enig. "Takk. Så hvordan skal vi begynne?"

Paul reiste seg og gikk sakte rundt i rommet og så på hvert av enhetene mens Cristina satt i en anstendig stilling.

Han så på hver enhet på en måte som gjorde Cristina nervøs.

"Har du noen gang vært bundet opp før?" spurte Paul.

Christina ristet på hodet.

"Åpenbart ikke."

"Vil du være det?"

"Vet ikke."

Han gestikulerte mot trebordet.

"Hvorfor ikke prøve?"

«Jeg vet ikke,» trakk hun nervøst på skuldrene.

"Er dette for mye for deg? Jeg trenger å se noe for å bli inspirert. Å se deg sitte der kommer ikke til å hjelpe meg mye."

Cristina reiste seg sakte og trakk pusten dypt.

"Jeg skal gjøre hva du vil."

"Er du sikker? Cristina, jeg vil ikke at du skal gjøre noe du ikke er komfortabel med. Jeg kan finne andre måter å betale deg tilbake på."

Hun trakk pusten dypt igjen.

"Nei, det er jeg sikker på. Vi kom til enighet om å modellere, og jeg har tenkt å gå videre."

"Er du sikker?"

"Ja, helt."

«Så legg deg ned», sa Paul og pekte på trebordet.

Bordet så smertelig ubehagelig ut.

Det så gammelt og rustikk ut.

Men den var lav nok til at en person lett kunne ligge på den.

Det var gamle metallstenger på hver side av bordet, noe som ga Cristina en ubehagelig følelse.

Hun la følelsene til side og lente seg tilbake på bordet.

Det var smertefullt og ubehagelig som hun forventet.

Hun var overbevist om at bordet var designet for tortur, ikke nytelse.

Han lurte på hvordan noen kunne ha glede av noe slikt.

Han la seg midt på bordet og så rett i taket.

"Jeg skal knytte håndleddene dine," sa han og stilte seg på hodet hennes.

Hun var stille et øyeblikk mens hun så på figuren til Paul som sto over henne.

"Ok," svarte hun og holdt opp håndleddene. "Framover."

Paul tok forsiktig håndleddene hennes og førte dem til metallstangen på bordet.

Baren var kald som hun forventet.

Teksturen mot huden hennes var ikke veldig glatt, noe som var et tegn på at stangen hadde blitt laget for lenge siden, før moderne maskineri.

Hun kjente håndleddene hennes knyttet til stangen med tykt tau.

Cristina gadd ikke å se.

Hun holdt blikket i taket.

"Gjør det vondt?" spurte.

"Jeg er ikke i form."

Skrittene hans ble hørt over hele rommet.

Cristina brydde seg ikke om å se på Paul.

Men han lurte på hva Paulus måtte tenke.

Å se henne i en pen kjole, med håndleddene bundet, må være spennende for Paul, tenkte han.

«Fortell meg igjen,» sa han. "Hva er grensen din?"

Hun svelget.

"Bare ikke gjør meg vondt."

"Kan jeg åpne kjolen din?" spurte han lavt.

"Nei, ikke det."

«Da har du vel andre grenser», svarte han med en liten følelse av moro.

"Jeg antar."

"Kan jeg ta på deg?" spurte. "Det er helt greit hvis du nekter. Men siden vi har kommet så langt, ser du absolutt attraktiv ut."

«Hvis du vil», svarte han fårete.

"Det handler ikke om hva jeg vil. Det handler om hva du er komfortabel med."

Han kjempet med tankene sine et øyeblikk.

"Jeg er komfortabel med det. Det er greit. Gå videre hvis du vil. Jeg mener, jeg er komfortabel med det."

"Er du sikker, Cristina? Jeg vil ikke presse deg hvis du ikke er komfortabel."

"Så lenge du vet..."

"Så lenge det kompenserer deg økonomisk?" spurte han halvt underholdt.

Tonen og fraseringen hans gjorde Cristina enda mer ukomfortabel.

"Ja," svarte hun.

"Du trenger ikke bekymre deg for det".

Cristina forventet noe mer sarkastisk spøk som svar, men Paul var ferdig med å snakke.

Han gikk mot henne mens hun fortsatte å ligge på bordet.

Cristina så at han så på kroppen hennes.

Hun var tydelig nervøs.

Hun visste ikke hva han planla.

Øynene hans koste seg og vandret over kroppen hennes.

Til slutt ble det bestemt.

Og han gjorde sitt trekk.

Paul strakte seg ned og berørte Cristinas kne.

Det var en plutselig berøring som overrasket henne.

Hun grøsset.

"Går det bra med deg, Christina?"

"Jeg har det bra. Jeg hadde bare ikke forventet det."

Han gled hånden lenger nedover låret hennes.

Hånden hans gled dypere til den var under det gule skjørtet hennes.

Det plaget Cristina, men det fikk henne også til å krible mellom bena.

Øynene hans forble fokusert på taket.

"Har du noe imot at vi fortsetter videre?" spurte. — Vi har allerede kommet så langt.

"Fortsett. Jeg bryr meg ikke."

"Er du sikker?"

"Jeg er sikker."

Paul løftet Cristinas skjørt og dyttet henne opp.

Trusene hennes ble avslørt.

Paul gled hånden under trusene til Cristina.

Naturligvis skalv hun igjen, men stoppet seg selv.

Pauls hånd gned seg i skrittet.

Cristinas kropp og føtter ble spent.

"Du må slappe av," sa Paul. "Ellers vil ikke dette gjøre mye nytte."

"Vi vil."

Cristina gjorde sitt beste for å slappe av i kroppen.

Øynene hans ble liggende i taket.

Hun var for flau til å se på Paul.

Hun lot ham rett og slett stryke henne i skrittet.

Hun gispet mens Paul lekte med kliten hennes.

Det var et trekk han ikke hadde forventet.

Hans naturlige instinkt var å strekke ut hånden og trekke hånden til Paul, så dekke seg til, og deretter slå Paul over ansiktet, men tauene rundt håndleddene hans var stramme.

Hun rykket forsiktig, men til ingen nytte.

"Prøver du å komme deg ut?" spurte Paul. "Hvis du vil komme deg ut, bare fortell meg, så skal jeg løsne deg med en gang."

"Beklager. Det var et knefall."

"Vel, ikke reager slik. Det er ikke den reaksjonen jeg vil ha."

"Det er greit, jeg beklager."

Pauls fingre beveget seg i en rasende sirkulær bevegelse over den hovne klitorisen hennes.

Cristina hadde ikke noe annet valg enn å gispe.

Hun var for sjokkert til å inneholde følelsene sine.

Fingrene stoppet ikke.

Det var en fin fornøyelse.

Hun lukket øynene og solte seg i Pauls glede.

Det var en prikkende følelse som strømmet gjennom kroppen hennes.

"Jeg kan fortelle at du er nær," sa han. "Slapp av. Det er nesten over."

Med øynene fortsatt lukket tillot Cristina seg selv å nyte Pauls fingre mens de gledet seg over den delikate lille klitorisen hennes.

Det gikk øyeblikk før Cristinas fingre stivnet.

Korte gispende lyder slapp fra leppene hennes.

Øynene hans klemte seg sammen.

Musklene hans trakk seg sammen.

Det var en velfortjent orgasme for alle stressene i livet hennes.

Til slutt slappet kroppen hennes av og Paul fjernet hånden fra trusa hennes.

Han flyttet kjolen hennes tilbake til riktig posisjon.

Hun klappet Cristina på låret, som om hun hadde gjort noe riktig.

«Du likte det absolutt,» sa Paul da han begynte å løsne håndleddene hennes.

Cristina følte seg fri.

Hun rettet seg opp og gned håndleddene, som var litt røde og smertefulle fra tauet.

Den orgasmiske følelsen bidro til å motvirke smerten.

«Jeg likte det», svarte hun. "Det var hyggelig. Veldig hyggelig. Gud, jeg har ikke følt det slik på lenge. Jeg mener, ikke så bra som du gjorde."

"Jeg er glad du likte det. Det brakte frem mange minner, som vil hjelpe meg med å skrive. Du var en fantastisk liten inspirasjon for meg."

"Jeg er alltid glad for å være til tjeneste."

"Utmerket," sa han enig. "Jeg vil være sikker på å legge til en bonus på sjekken din på slutten av måneden. Jeg tror du har tjent fem tusen dollar ekstra for dette."

Overraskende nok følte Cristina en følelse av skam.

Hun visste at Paul mente det godt.

Han satte pris på de fem tusen ekstra, som var mye mer enn han forventet.

Men en skyldfølelse invaderte henne, som om hun nettopp hadde solgt kroppen sin og sin seksualitet for lettvinte penger.

Det fikk henne til å føle seg uren og skitten.

«Jeg er ikke en hore», utbrøt hun, og så angret hun umiddelbart.

"Jeg sa aldri at du var det."

«Jeg beklager», svarte hun. "Jeg setter virkelig pris på alt. Men jeg har aldri brukt kroppen min slik, vet du, for å tjene penger."

Paul ristet på hodet, skuffet over seg selv.

"Ikke angre. Dette er min feil. Jeg ble forhastet med deg. Jeg skulle ikke ha bedt deg om å modellere for meg."

Cristina reiste seg og fikset kjolen.

"Jeg likte det," sa han. "Jeg gjorde det virkelig. Men det var litt rart for meg. Kanskje vi kan gjøre det en annen gang neste gang? Bare litt tregere."

"Jeg tror ikke det. Dette er tydeligvis ikke noe for deg."

Cristina ga et sjenert blikk da følelsen av orgasme fortsatt strømmet gjennom kroppen hennes.

«Jeg skal lage lunsjen din nå,» sa han.

"Jeg kan gjøre det selv. Du kan gå."

Hun nikket lydig.

"Jeg er glad vi gjorde dette."

«Jeg også», svarte han. "Men vi bør aldri gjøre dette igjen. Vi sees mandag."

Cristina nikket, vel vitende om at Paul allerede hadde tatt en bestemt avgjørelse.

Nå var det en subtil klossethet mellom dem.

Etter å ha utvekslet noen flere ord, gikk hun og lurte på hva Paul tenkte om henne.

DEN NYE JOBBEN

KAPITTEL 12

Senere samme kveld.

Cristina satte seg ved datamaskinen sin og søkte etter måter å skaffe nye kunder på.

Han sendte minst et dusin e-poster til forskjellige selskaper for å markedsføre cateringvirksomheten sin.

Jeg forventet ikke mye respons, men det var verdt et forsøk og jeg hadde ingenting å tape.

Telefonen ringte.

Det var moren som ringte for å sjekke igjen.

De snakket som vanlig, og det var ikke så mye å si.

«Å drive min egen virksomhet er vanskelig,» beklaget Cristina.

"Forventet du at det skulle være lett?"

"Jeg vet ikke hva jeg forventet. Jeg har ikke noe imot å jobbe hardt. Jeg elsker å lage mat for andre mennesker. Men herregud, jeg trenger flere kunder."

"Etter min erfaring er business hvem du kjenner," svarte moren. "Mye forretninger kommer fra personlige forbindelser. Så kom deg ut og prøv å møte nye mennesker i stedet for å søke på nettet."

"Gir mening, antar jeg."

"Jeg antar? Når tar jeg feil?"

"Vet ikke."

«Ikke høres så deprimert ut, Cristina,» sa moren. "Mange mennesker sliter med en ny virksomhet. Bare fortsett å prøve."

"Takk mamma."

"Hvordan går det med Paul? Betaler han deg fortsatt pent?"

«Det er komplisert,» sukket Cristina. "Men ja, han betaler fortsatt godt."

"Han virker som en komplisert fyr."

"Du vet ikke halvparten av det."

Det ble en pause i telefonen.

"Har han prøvd noe med deg?" spurte moren forsiktig.

Cristina var rask til å lyve.

"Ingen måte. Selvfølgelig ikke."

"Du kan fortelle meg sannheten. Jeg er her for deg."

"Mamma, han er ikke min type. Hvis han noen gang gjorde et grep, ville jeg slått ham over hodet med det jeg lagde den dagen."

"Det høres ut som ånden til Cristina jeg kjenner," humret moren.

"Hypotetisk sett, hva om jeg gjorde det? Jeg mener, hvordan ville du følt om det?"

"Hvis Paul gjorde et grep?"

"Ja," svarte Christina. "Hvordan ville du følt deg?"

Det ble en ny pause på linjen.

"Jeg antar at det er opp til deg. Hvis han ba deg ut, er det din avgjørelse."

"Egentlig?"

"Det er din avgjørelse, Cristina. Men hvis han skulle prøve å ta på baken din på kjøkkenet, så vil jeg foreslå at du heller litt av den berømte varme sausen din på hodet hans."

"Selvfølgelig gjør jeg det," svarte Cristina med en sarkastisk stemme.

"Du ser ut til å ha noe på hjertet."

"Ikke lenger. Takk mamma, du er best. Jeg må forlate deg."

"Farvel jeg elsker deg."

"Jeg elsker deg også mamma."

Samtalen ble avsluttet og Cristina lente seg tilbake i stolen.

Hun tenkte på Paul og orgasmen hun fikk den dagen.

Han husket fortsatt følelsene tydelig.

Hver berøring, hver følelse.

Følelsen av hardtre mot kroppen hennes.

Følelsen av Pauls hånd mot fitta hennes.

Og fremfor alt orgasmen.

Herredømme var aldri hans greie, men det føltes bra.

Han søkte på nettet og slo opp forskjellige termer.

Det fikk henne til å føle seg som en høyskolestudent igjen da hun forsket.

Han gjorde flere søk på slaveri og dets gleder.

Hun så på forskjellige bilder.

Det vekket henne igjen og hun gled en hånd nedover trusa.

KAPITTEL 13

På mandag om morgenen.

Cristina gjorde en innsats for å se bra ut da hun dro til Pauls hus.

Hun hadde på seg en blå kjole og håret var pent kammet.

Paul la ikke mye merke til utseendet hennes da han åpnet døren for å slippe henne inn.

"Vi kan snakke?" spurte Christina. "Om business mener jeg."

"Selvfølgelig."

"Flott. Vent."

Cristina satte maten på kjøkkenet og gikk til den romslige stuen der Paul hadde sittet.

Hun satt overfor ham.

"Jeg har tenkt mye i løpet av helgen," sa han. "Om forholdet vårt."

«Jeg også,» sa han, og lot henne ikke avslutte tankene sine. "Jeg tror vi bør få dette overstått. Det er klart for meg at forretningsforholdet vårt har blitt kompromittert. Jeg har allerede begynt å se etter en erstatning for husholdningsbehovene mine."

Cristina frøs et øyeblikk da nyheten sakte sank inn i henne.

"Hva? Nei. Det var ikke det jeg ville."

"Jeg tror det er til det beste," svarte han. "Du er en strålende ung kvinne. Du vil finne din plass i denne verden."

Det forbløffede blikket forble i ansiktet hennes. "

Dette var ikke det jeg forventet å høre. Jeg trodde samtalen vår skulle bli veldig annerledes."

"Hva forventet du?"

"Jeg kom hit for å fortelle deg at jeg var interessert i å fortsette, vet du, det vi gjorde forrige fredag."

Han bøyde et øyenbryn.

"Virkelig? Og hvorfor vil du det?"

"Må jeg virkelig si det?"

"Ja."

Hun trakk pusten dypt.

"Det er klart jeg liker å jobbe her. Jeg nyter fordelene. Jeg synes du er en flott sjef, det beste jeg kunne ha. Og det vi gjorde forrige uke, på rommet, likte jeg veldig godt. Jeg tror jeg var redd i begynnelsen, men jeg tenkte hardt, og jeg ville ikke bry meg om vi fortsatte."

"Interessant."

"Det tror du?" hun spurte.

"Du er ikke så sjenert som jeg trodde. Jeg hadde aldri forventet at du skulle komme og si disse tingene direkte til meg. Jeg er imponert."

Hun smilte, "takk."

"Hva bør skje videre?"

«Jeg vet ikke,» trakk han keitete på skuldrene. "Det er opp til deg. Men jeg vil at forretningsforholdet vårt skal fortsette."

"Vær modig, Cristina. Fortell meg hva som skjer videre. Akkurat nå. Jeg vil vite hva du tenker på. Overrask meg."

Hun samlet motet og ga Paul et blikk av beslutsomhet.

Leppene hennes presset sammen og nesen hennes rykket litt.

Øynene hennes var rettet mot Paul, som var stoisk og ventet på at hun skulle gjøre noe dristig.

Cristina reiste seg og børstet kjolen med hendene.

Fingrene hans viklet rundt stroppene på kjolen hennes.

Hun skjøt stroppene til side og beveget kroppen, slik at kjolen kunne falle ned på gulvet.

Hun sto foran Paul i sin hvite BH og truser, med den vakre kjolen rundt anklene.

"Hva gjør du?" spurte han uten følelser.

"Jeg viser min dedikasjon til jobben."

"Kanskje du har misforstått meg. Jeg tror ikke dette er den rette veien for deg."

«Du ber meg ikke slutte,» svarte hun. "Og jeg hører ikke deg klage heller."

Pauls øyne vandret over hennes lettkledde kropp.

Hun hadde en gjennomsnittlig bygning, litt slank.

Små bryster og smale hofter.

Det var tydelig at han sjelden trente da muskeltonen var svak.

"Du er ganske attraktiv," bemerket han.

Hun tok av seg kjolen og tok flere skritt frem til hun sto rett foran Paul.

«Her er avtalen», sa han dristig. "Den nye avtalen. Jeg vil være din eksklusive leverandør. Jeg vil også være din modell når du tror det er nødvendig. Du kan få meg til å komme hvis du vil. Hvis jeg føler meg veldig bra, vil jeg gi tilbake tjenesten gratis. "

Han hevet et øyenbryn.

"Vil du gi tilbake tjenesten?"

"Jeg skal få deg til å komme. Gratis. Jeg er ikke en prostituert. Tenk på det som en drikkepenge fra en takknemlig mottaker."

"Høres ut som et uvanlig forretningsforhold."

"Vi har allerede gått over streken uansett," sa han.

"Jeg må vurdere det."

Cristina strakte seg ned og tok tak i Pauls håndledd og førte hånden til trusa.

Han tok på utsiden av trusa hennes og gned mellom bena hennes.

"Tenk fort," sa hun. — Ellers trekker jeg tilbudet.

Han ga et halvt smil.

"Den dristige nye Cristina. Jeg liker den."

"Jeg også."

Paul presset fingrene hardere mot trusene til Cristina.

Hun stønnet ved den varme berøringen.

Hun stønnet enda mer da Paul gled hånden inn i trusa hennes, og rørte ved den nakne fitta hennes.

Hun var opphisset, og det var ingen tvil om det.

"Du er våt," bemerket han og så på henne.

"Jeg vet."

"Ta av deg BH-en. La meg se deg."

Cristina strakk seg bort for å hekte av BH-en og kastet den på sofaen.

De muntre små brystene hennes ble sluppet.

Brystvortene hennes var rosa og små.

De ble raskt herdet av den kalde luften og den åpenbare seksuelle opphisselsen.

Hun motsto trangen til å dekke til brystene med hendene fordi hun alltid hadde følt seg usikker på brystet.

Men hun prøvde å være modig og presset brystet fremover.

"Du liker de?" hun spurte.

"Jeg elsker hver kvinnes bryster. Hver og en er unik og spesiell på sin egen måte. Dine er intet unntak. De er nydelige."

"Takk min Herre."

" Herre?" spurte han retorisk. "Jeg tror du vet hva jeg liker."

"Og hva liker du?" spurte hun fårete.

"Eiendom."

"Åh..."

Paul brukte begge hendene til å trekke trusene til Cristina til gulvet, og etterlot jenta helt naken, fra topp til tå.

Han reiste seg og tok Cristina i hånden.

«Følg meg,» sa han. "Det er noe jeg vil vise deg."

Han førte Cristina ned i gangen mens han holdt henne i hånden på en romantisk måte.

Cristina var nervøs, men fortsatte.

Hun visste at de var på vei mot slaverommet.

Ideen gjorde henne spent og nervøs.

Døren stod på gløtt og Paul åpnet den.

Han skrudde på lysene og de gikk inn.

Luften var kald, noe som gjorde Cristinas brystvorter enda hardere.

Blikket hennes flakset rundt henne og hun lurte på hva Paul hadde planlagt.

"Du har et nytt sett med ansvar," sa Paul. "Jeg forventer fullstendig lydighet. Jeg forventer at du er naken til enhver tid. Forstått?"

"Ja jeg forstår."

"Len deg over bordet," sa han. "På magen din. Jeg skal binde deg. Jeg vil at du skal komme igjen."

"Ja sir."

Cristina så på det skremmende bordet.

Det var et annet bord enn før.

Men det virket like ubehagelig og smertefullt.

Treverket så gammelt ut, og metallrammen også.

Det var ingen vits i å klage.

Hun gjorde som hun ble fortalt og la brystene og magen på trebordet.

Det var mer ubehagelig enn jeg forventet.

Treverket var kjølig og satte de følsomme brystvortene hennes.

Øynene hans så mot bakken.

Hun hørte Paul gå rundt i rommet før hun kom bort til henne.

«Jeg skal binde deg,» sa han. "Slapp av i armer og ben. Dette er en enkel prosess hvis du er rolig."

"Vi vil."

"Er du sikker på at du vil ha dette?"

"Ja," svarte hun.

"Fordi?"

"Fordi jeg vil cum igjen."

Christina fikk ikke svar.

I stedet kjente hun Paul binde hver av anklene hennes til den kalde metallrammen på bordet.

Det var ubehagelig og litt skummelt.

Hver knute var veldig stram.

Tauet var tykt, noe som gjorde vondt i huden hans.

Den samme prosessen ble utført på håndleddene hans.

Hver dukke ble bundet til metallrammen på samme måte.

Da han var ferdig, var anklene og håndleddene bundet godt til bordet.

Hun lå med ansiktet ned med bar mage og brystene presset hardt mot treflaten.

Det var en ganske skremmende følelse å vite at hun hadde gitt Paul absolutt makt over kroppen hennes.

Hun var tydelig og fullstendig hjelpeløs.

Noe traff hennes bare bunn.

Det føltes hardt, men samtidig mykt.

Jeg var ikke sikker på hva det var.

Så kjente hun Pauls fingre børste henne bak.

"Har du noe imot at jeg tar på deg slik?" spurte han og visste svaret.

"Nei."

"Bra. Jeg liker huden din. Du er veldig øm..."

Pauls hånd vandret over buksen hennes og kjente hver eneste kurve.

Han masserte hver av bakene hennes med sine sterke hender.

Så kjente hun at noe hardt traff bunnen hennes igjen.

Den hadde en glatt buet overflate.

"Hva er det?" hun spurte.

"Det er en vibrator. Har du noen gang brukt en før?"

"Nei."

"Vil du føle det?"

— Jeg er åpen for det.

"Flink pike."

En plutselig summing hørtes i rommet og sendte en risting nedover Cristinas ryggrad.

Øynene hans forble festet i bakken mens han lyttet til summingen.

Kroppen hennes rykket voldsomt i det øyeblikket summingen berørte tuppen av kliten hennes.

Det var vondt, på en dårlig måte og på en god måte.

Hun prøvde å bekjempe den, kjempet mot tauene, noe som var ubrukelig.

Summingen stoppet.

"Skal vi fullføre dette?" spurte.

"Nei. Vær så snill, nei. Jeg skal slutte å bevege meg."

"Kontroller deg selv Cristina."

Summingen kom tilbake da vibratoren ble aktivert igjen.

Han rørte ved kliten hennes, og Cristina gjorde sitt beste for å holde seg i ro.

Hun kjempet mot trangen til å kjempe da hun aksepterte følelsen av vibrasjon mot det mest følsomme området.

Det fikk fingrene til å krølle voldsomt.

Han bet tennene sammen mens kjeven lukket seg.

Knyttnevene hans knyttet hardt.

Å få kliten hennes torturert med en vibrator var det siste hun forventet.

Det surret og surret.

Spissen av vibratoren ble holdt mot kliten hennes til hun trodde den kom til å eksplodere.

Rett før hun skulle skrike av smerte, flyttet Paul på vibratoren og dyttet den inn i fitten hennes.

Det var en surrealistisk følelse.

Det var lenge siden de hadde gått inn i henne med noe annet enn fingrene.

Vibrasjonen inne i fitta hennes var en blanding av smerte og nytelse.

Paul dyttet og dro til sexleketøyet.

Cristina gjorde sitt beste for ikke å skrike.

"Har du det gøy med dette?" spurte han spøkefullt.

Christina gispet.

"Jeg ... jeg ... eh ..."

"Ja eller nei?"

 ERIKA SANDERS

"Ja! Gud, ja."

Paul dyttet enheten lenger inn i fitten til Cristina, og fikk henne til å gispe mer.

Hun var nesten andpusten da han kom helt inn i kroppen hennes.

Armene og bena hans trakk i tauene, men til ingen nytte.

Hun ble fanget med den kraftige vibratoren inne i den våte skjeden.

"Er du nær?" spurte.

Hun kjempet for ord.

"Ja nesten..."

"Løp for meg, baby."

Vibratoren ble dyttet og trukket inn i fitta til Cristina uten nåde.

Hun prøvde å slappe av i kroppen, noe som alltid gjorde orgasmen hennes lettere.

Hun gjorde sitt beste for å slappe av skjedemusklene fra strekningen, slik at Paul kunne få viljen sin.

Orgasmen hennes var nært forestående på grunn av vibratoren.

Og det var en orgasme ulik noen hun hadde følt før.

Å bli bundet og slått mens en vibrerende gjenstand stakk inn i fitta hennes var en potent kombinasjon.

Cristinas tær buet mer og nevene knyttet hardere.

Hver muskel i kroppen hans trakk seg sammen.

Gispene og stønnene hennes ble hardere.

"Herregud... Herregud... Herregud..."

Plutselig ble enheten byttet til høyere hastighet og vibrasjonene ble mye sterkere.

Cristina skrek av den kraftige vibrasjonen da hun ble dyttet og trukket inn i fitta.

Hun gråt.

Hun hulket så ukontrollert mens hun nådde klimaks.

En bølge av væske fosset fra innsiden av fitten hennes, skapte rot på bordet og etterlot en sølepytt på det harde gulvet.

Flere støt kom fra kraftvibratoren til væskene stoppet.

Paul trakk vibratoren fra fitta til Cristina, som ga en høy sum.

Så slo han den av.

Da skjedeangrepet endelig var over, var fitten til Cristina et dryppende rot.

Våtheten hennes var som en liten orgasmisk elv.

Fiten hennes glitret fra vaginale væsker.

Bordet var vått.

Og væskene falt til gulvet som en dryppende kran.

Cristina var knapt ved bevissthet da hun sakte kom til ro.

Det var den desidert beste orgasmen hun noen gang hadde opplevd i livet.

Han hørte Pauls skritt nærme seg hodet hans.

Paul bøyde seg ned og kysset håret hennes.

Hun lurte på hvorfor Paul ikke hadde løsnet henne ennå.

"Vi er ... vi er ... ferdige ..." klarte han å snakke.

"Ikke ennå. Husker du løftet ditt?"

"Hvilken av dem?" stønnet hun.

"Du sa at hvis jeg fikk deg til å komme, så ville du gi tilbake tjenesten. Så hvordan føltes orgasmen din?"

"En ... jævla ... utrolig," brøt han ut.

Paul smilte til henne.

"Flink jente. Har du lyst til å gi tilbake tjenesten?"

"Ja sir. Skal du løsne meg?"

"Jeg liker deg i denne posisjonen."

Cristina hørte lyden av Pauls bukser som åpnet seg.

Hun visste nøyaktig hva Paul ville.

Han sto fortsatt ved siden av ansiktet hennes, noe som betydde at han ikke var interessert i å knulle henne, i hvert fall ikke akkurat denne dagen.

Hun så opp da Paul kom nær ansiktet hennes.

Hun så den harde kuken hans peke rett på leppene hennes.

Det var tydelig hva han ville.

Med et lystende hjerte gispet Cristina da Paul tok enda et skritt frem og gikk inn mellom leppene hennes.

Det var ingen følelsesprosess og ingen tid til å tilpasse seg.

Paul presset rett og slett hoftene fremover slik at Cristina kunne suge som en god ubåt burde.

"Herregud. Du har lepper som en engel," sa han, imponert over hva han kjente på kuken.

Oralsex var aldri Cristinas greie.

Hun var aldri særlig god på det, og det var aldri hennes preferanse å gjøre det.

Men med Paul var hun ivrig etter å glede ham.

Spesielt med den kraftige orgasmiske følelsen som fortsatt strømmer gjennom kroppen hennes.

Hans mangel på ferdigheter var ikke et problem siden kroppen hans fortsatt var bundet til bordet.

Paul gjorde alt arbeidet, og presset hoftene forsiktig fra side til side.

Alt han trengte var en varm munn å knulle med.

Alt Cristina trengte å gjøre var å holde leppene stramt rundt Pauls harde lem og suge.

"Fy, jeg kommer til å komme," knurret Paul. "Og du kommer til å svelge det."

Hans følelse av kommando var spennende for Cristina, av en grunn hun ikke kunne forstå.

Han kjente Pauls hender gned seg gjennom håret mens han sugde.

Han kjente at lemmet ble enda stivere inne i munnen.

Hun gjorde sitt beste for å bruke tungen på lemmet hans, som hun alltid hadde blitt fortalt føltes bra.

Hanen sank inn i munnen hennes og fikk henne til å kneble.

Gagrefleksen var forferdelig.

Men Paul forestilte seg hvor mye Cristina var i stand til å ta, så han presset aldri for hardt.

Det var tegnet på en profesjonell, tenkte hun for seg selv.

Hun så da Paul strøk seg til orgasme, mens spissen av ereksjonen hans fortsatt var inne i munnen hennes.

Hun holdt leppene stramt rundt ham.

Paul knurret mens han strøk henne rasende.

Sekunder senere var tungen hennes dekket av Pauls sæd.

Sprøyt etter sprut.

Den hadde en annen smak.

Hun svelget hardt for å unngå at munnen renner over.

Sekunder senere stoppet sædstrømmen og Cristina svelget alt.

"Herregud," sa Paul og trakk hanen ut av munnen. "Det var fantastisk. Hvor lærte du å suge sånn?"

Han bøyde seg et øyeblikk før han reiste seg for å glide opp buksene.

Så bøyde han seg ned for å løsne Cristina.

Da hun ble løslatt, strøk hun sine egne håndledd og ankler, som hadde mørkerøde markeringer.

Hun skjønte raskt at hun fortsatt var helt naken og at hun ikke brydde seg lenger.

Hun likte å være naken foran Paul.

"Jeg likte hele opplevelsen," bemerket han selvsikkert.

Paul tok på nakken hennes og kysset pannen hennes, så mer på kinnene hennes.

Til slutt plantet han flere kyss på håret hennes.

"Jeg også. Partnerskapet vårt kommer til å fungere bra. Tenk på alle mulighetene vi kan dele sammen."

"Jeg vet."

"Du er som en sommerfugl som vokser foran øynene mine," sa han.

«Alt er på grunn av deg», smilte han. "Nå, hvis du vil unnskylde meg, har jeg laget noe veldig spesielt til lunsj. Du kommer til å elske det. Jeg er sikker på at du har fått opp en appetitt, så det er best å lage det nå."

Cristina reiste seg og gikk naken til døren.

Det var tillit til vandringen hans.

Hun elsket å være naken.

Det var gøy.

Det dryppet væske nedover bena hennes.

Smaken av sæd var fortsatt i munnen hennes.

Så stoppet hun da hun kom til døren, og snudde seg mot Paul, stolt av sin nakne kropp.

Hun ba ham ikke bekymre seg for rotet i stua, at hun ville rydde opp senere.

Det var en del av hans nye plikter.

SLUTT

UNDERDANIG KVINNELIG KOKK
2

MICHAEL

77

KAPITTEL I

Helt siden hun var liten visste hun at hun ville bli kokk.

Jeg jobbet veldig hardt for å få den drømmen til å gå i oppfyllelse og fikk til slutt alt jeg noen gang ønsket meg, da mens jeg serverte måltider for Paul, anbefalte han meg og jeg fikk stillingen som kjøkkensjef på en av de beste restaurantene i New York.

Men å komme til toppen hadde sine bivirkninger på mitt personlige liv.

Som 28-åring har jeg veldig få venner, og selv om jeg har hatt noen få kjærester, hadde ingen av dem seriøse kjærlighetsinteresser.

Jeg møtte Michael og hans eldre bror Tony på et lokalt bondemarked som jeg går til ofte.

De eide en matbil og satte opp butikk på bondemarkedet hver uke.

Omtrent et år etter å ha møtt dem, ble Tony tilbudt en sjefskokkstilling på en lokal restaurant, og Michael ønsket ikke å drive matbilen alene.

En kokk fra restauranten min dro nylig for å få en ny sjanse.

Så jeg hyret inn Michael for å erstatte ham.

Vi jobbet veldig godt sammen fra starten av.

Vi klarte å opprettholde et arbeidsforhold selv om jeg var veldig tiltrukket av ham.

De fleste vil si at Michael var normal i utseende.

Imidlertid syntes jeg det var vakkert.

Michael er omtrent 1,80 høy og veide kanskje 85 kilo.

Han har kort, rotete, svart hår.

Han har halvskjegg hele tiden og har vakre nøttebrune øyne.

KAPITTEL II

Etter å ha stengt restauranten for natten, gikk Michael, meg selv og noen andre fra restauranten ofte ut, spiste middag og drakk vin for å slappe av etter en lang dag på jobb.

Han er virkelig morsom.

Så jeg håper jeg kan slippe det når den tid kommer.

Michael og jeg ville snike oss ut på en løpetur fra tid til annen, når vi kunne.

Jeg elsker å løpe med ham.

Han er ofte skjorteløs og svetten skinner på kroppen.

Jeg tenker på hvordan jeg ville elske å kjøre tungen min over den svette kroppen hans.

Jeg ser for meg at vi begge er varme og svette mens vi knuller.

Men jeg måtte riste av meg de tankene og fokusere på å løpe, ikke på ham.

Jeg kunne ikke blande meg inn i et forhold med noen jeg jobber med som også er min ansatt.

Uansett, jeg vet ikke om han vil like meg.

Jeg er 5'6, veier rundt 130 pounds, har bølget skulderlangt hår, noen få føflekker, og bruker nå sorte briller.

Jeg er på ingen måte for tynn, jeg er kanskje søt, men jeg er ikke vakker.

Jeg er ikke det du vil kalle enhver manns drøm, det var i alle fall slik jeg så meg selv.

En dag gjorde vi oss klare til middag og Michael var for snill mot meg.

Vi spøkte alltid og hadde det hyggelig i restauranten, men i kveld var det annerledes.

Hele natten fant han grunner til å røre meg for mye.

Hvis han trengte noe som var ved siden av meg i stedet for å gå for å hente det, kom han bak meg og klappet meg bak.

En gang da jeg snakket med en annen kokk som jobbet på stasjonen rett overfor min, kom han bak meg og var så nærme at jeg kunne kjenne kroppsvarmen hans.

Jeg kunne høre ham puste dypt mens han kjente lukten av håret mitt.

Jeg kunne kjenne pusten hans i nakken, som sendte frysninger gjennom hele kroppen min.

En annen gang strakte jeg meg etter noe i de høye hyllene, som er et vanlig problem for korte jenter som meg, og han kom bak meg for å hjelpe meg og gned skrittet mot rumpa mi.

På det tidspunktet var hun ikke sikker på hva som hadde skjedd med henne.

Men jeg likte det.

Jeg så for meg at han tvang seg på meg, der på kjøkkenet, og knullet meg bakfra.

Bare å tenke på det gjorde meg våt.

Jeg prøvde å ikke la ham vite at jeg følte det, og jeg ba om at ingen andre skulle legge merke til det.

Jeg måtte ha kontroll over kjøkkenet, og jo mer jeg måtte gjøre, desto vanskeligere ble det å fokusere på å få disse rettene ut ved middagstid i tide.

Jeg klarte å komme meg gjennom tjenesten med alt servert godt og i tide.

KAPITTEL III

Vi holdt på å stenge for natten, og Martin, en oppvaskmaskin, kom ut og lot Michael og meg gjøre ferdig med rengjøringen.

Hodet mitt vaklet etter en så travel gudstjeneste, og på toppen av det hele hadde Michael hendene og skrittet på meg hele natten.

Jeg lurte på hva det handlet om uansett.

Han har aldri vært så fysisk med meg før.

Vi tuller og erter hverandre, men aldri noe fysisk.

Vi var ferdige for natten og på vei for å møte andre kolleger og kokker på favorittstedet vårt for å spise middag og henge etter jobb.

Vi vanligvis bare gikk det siden det var bare et par kvartaler unna.

Jeg lukket døren og vi begynte å gå nedover smuget og jeg kjente Michael la hånden sin på ryggen min mens vi snakket.

Dette er greit, tenkte jeg, ikke noe skadelig her.

Han ser nok bare etter meg.

Vi fortsatte å gå og hånden hans beveget seg lavere til rumpa mi og klemte.

Jeg snudde meg og ropte på ham.

"Michael, hva gjør du? Du har fått hendene på meg hele natten! Jeg har prøvd å ignorere det og tenkte at du ville slutte eller kanskje du ikke skjønte hva du gjorde. Men dette... dette er allerede det." åpenbart".

Jeg sa det så på ham med mitt beste blikk nå må du svare meg.

Michael så seg rundt som om han prøvde å finne ordene for å forklare oppførselen hans.

Så snakket han endelig.

"Cristina ... jeg har likt deg helt siden vi møttes på bondens marked. Men jeg kunne aldri få meg til å fortelle deg det. Jeg trodde ikke du ville gi en fyr som meg en sjanse." Michael forklarte.

Jeg avbrøt ham og spurte ham:

"Så du trodde du kunne fortelle meg at du var interessert i meg ved å klemme meg på rumpa?"

"Jeg vet, men jeg har hørt at du har en underdanig side, Cristina, jeg beklager, det var derfor jeg kjærtegnet baken din." Han stoppet opp, og fortsatte så: "Og i morges, på løpeturen vår, virket du så kåt at det tok alt jeg kunne for ikke å ta deg til et bortgjemt sted i parken og knulle deg der. Jeg tenker på deg hele tiden. " "

Jeg ble nedlagt.

Michael tenker på meg og har sex med meg?

Visste du at jeg er underdanig og liker dominans?

Hvordan kan det ha seg?

Han synes jeg er sexy og vil knulle meg?

Og etter all denne tiden forteller du meg det?

Jeg har skjult de samme følelsene for ham, fordi jeg var redd for å bli avvist, og han var også redd for å bli avvist.

Jeg følte meg fortapt i uttalelsen hennes, men jeg følte meg også frigjort.

Kan vi gjøre dette?

Michael trakk meg så nærmere seg og så meg inn i øynene.

Det var som om han lette etter aksept og godkjenning.

Munnen hennes så så deilig ut, øynene hennes brant dypt inn i sjelen min.

Så det skjedde.

KAPITTEL IV

Michael trådte hånden sin gjennom håret mitt og trakk meg nærmere og kysset meg.

Det var en lang, hard, lidenskapelig og veldig varm.

Jeg trakk meg unna og følte meg svak av følelser.

Jeg kunne kjenne hjertet mitt banke.

"Michael, jeg har ønsket dette så lenge. Jeg likte deg også fra det øyeblikket vi møttes, og jeg trodde ikke du ville gi meg en sjanse. Da ble vi så gode venner at jeg ikke ville ødelegge det ." Sa.

"Cristina, i løpet av denne tiden som jeg har jobbet sammen, har jeg sett deg ta ansvar på kjøkkenet, kreve respekt og personalet gir det til deg fordi du fortjener det. Alle elsker deg. Du er dronningen av kjøkkenet. Du er en perfekt Domme . Du er ! søt! Jeg elsker måten du legger håret ditt bak de søte små ørene dine. Jeg elsker måten du synger for deg selv og danser når du ikke tror noen er i nærheten eller hører på."

Michael tryglet.

"Vær så snill, ikke tenk så lite om deg selv. For jeg tror ikke det."

Så, før jeg visste hva jeg gjorde, trakk jeg ham mot meg og vi kysset igjen.

Hendene våre var på hverandre.

Jeg kunne ikke motstå det lenger.

Jeg ville ha ham.

Jeg trengte det

NÅ!!

Mens vi kysset og berørte, dyttet Michael meg mot baksiden av bygningen.

Han tok av meg kokkefrakken mens han kysset og slikket meg på øret og deretter på halsen min.

Hendene hans gikk ned til buksene mine og han åpnet dem og løsnet dem sakte.

Jeg la hendene mine på skuldrene hans for å stabilisere meg.

Han knelte ned og da han tok av meg buksene mine kysset han magen min, ned til hoftene og deretter de indre lårene mine.

Til slutt tok han av meg buksene mine og slengte den sammen med frakken min.

Tankene mine gikk en kilometer i timen, hjertet mitt slo raskt.

Jeg kunne ikke tro at dette endelig skulle skje.

Og av alle stedene det kunne være, var det bak restauranten og i en mørk bakgate.

Men jeg brydde meg ikke lenger.

Jeg ville så gjerne ha Michael inni meg.

fitta mi begynte å banke og bli våt.

Michael så på meg med ville øyne og sa:

"Er du sikker på denne Cristina? Vi kan stoppe når du vil. Bare fortell meg, ok?"

Jeg prøvde å trekke pusten og forsikret ham:

"Jeg har aldri vært så sikker på noe i mitt liv."

KAPITTEL V

Han begynte å kysse de indre lårene mine.

Etterlater et spor av myke og ømme kyss.

Da han nådde den våte fitten min trakk han pusten dypt og jeg kunne se ham smile.

Han hektet fingrene under den røde trusen min og skled dem ned for å få dem ut av veien for det som ventet ham nedenfor.

Så begynte han å kysse over hele fitta mi, men rørte den ikke ennå.

Jeg kunne fortelle at han hadde det gøy å gjøre narr av meg.

Til slutt, etter noen minutter med dette, stupte han tungen mellom foldene på den våte fitten min og slikket opp saftene som ventet på ham.

Jeg la hendene mine i håret hans og han løftet benet mitt over den ene skulderen for lettere tilgang.

Det føltes så godt.

Han slukte fitta mi.

Han begynte en rytme med først å suge på kliten min, så tungen knulle analhullet mitt, så slikke fra det våte hullet til kliten og starte på nytt.

Han gjorde det om og om igjen.

Det føltes så godt.

Jeg ønsket å legge tungen og fingrene inn i anus.

At han satte meg mot veggen og tvang meg hardt, satte hanen sin i ryggen min.

Men jeg har aldri blitt spist slik før.

Michael var veldig flink og jeg nøt hvert minutt.

Jeg visste ikke hvor mye lenger jeg kunne ta før jeg kom.

Så satte han en finger inn i meg, gled den inn og ut mens han sugde på klitorisen min.

Dette fortsatte i et par minutter til.

Og jeg orket ikke mer.

"Michael, jeg kommer til å cum hvis du ikke slutter!"

Han stoppet ikke, han var nådeløs.

Jeg skjønte at han ville at jeg skulle komme.

Så jeg slapp til slutt.

"Aaahhhh, faen Michael!" Jeg stønnet, da jeg kom over hele ansiktet hennes.

Kroppen min krampet mens bølger av nytelse skyllet over meg.

Michael mistet ikke en dråpe av juicen min da han klynget seg til meg.

Da han begynte å stige til høyden min, begynte han å kysse seg tilbake til navlen min, og tok deretter sakte av den svarte genseren min.

Jeg begynte å bli nervøs for at noen skulle høre på oss.

Jeg så begge veier, men jeg så ingen.

Jeg hadde allerede tatt av meg den røde BH-en.

C cup-brystene mine passet perfekt i de varme hendene hans mens han klemte dem.

Han begynte å suge på brystvortene mine.

Fra tid til annen bet han dem lett, og sendte en stråle av glede inn i fitten min.

Han jobbet på begge brystene mine mens jeg klødde ryggen hans og den vakre rumpa hans.

Jeg vet ikke hvorfor vi ventet så lenge med å fortelle hverandre hvordan vi hadde det, og nå er vi i en mørk bakgate og gjør oss klare til å knulle!

Dette ble for mye for meg, så jeg trakk ham nærmere og kysset ham.

Han kunne smake meg i munnen.

Han var søt og det føltes veldig skittent og spennende å nyte juicen min med ham.

Jeg begynte å miste meg selv i omfavnelsen.

Jeg følte at sjelene våre koblet sammen på en måte som jeg aldri hadde følt med noen før.

Han avbrøt tankene mine, snudde meg plutselig og vendte mot murveggen.

Jeg satte rumpa inn, klemte i skrittet hans og tryglet ham om å gjøre det han ville mest.

Han spredte bena mine og kneppet opp buksene.

Jeg kunne føle at han gned sin store bankende kuk opp og ned i rumpa mi og deretter ned til fitta mi.

Stopper ved åpningen av kjønnet mitt.

" Michael vær så snill, ta tak i meg bakfra nå!" Jeg tryglet ham.

"Er det dette du vil ha tispe? Cristina, si meg, be meg om å knulle deg i rumpa"

Han begynte å sakte stupe tuppen av hanen inn i det tette hullet mitt og fukte fingeren med saftene mine, og deretter ut igjen.

Mobber meg.

Respektløsheten hans tente meg som aldri før.

"Ja takk, Herre. Faen meg. Faen meg hardt. Veldig hardt." sa jeg mens jeg snudde meg litt og så på han.

Øynene hans var fylt med lidenskap og begjær, for meg.

Plutselig braket det inn i meg i ett strekk.

Han ga meg alt han hadde, de åtte centimeterne inne i rumpa mi!

Det føltes så godt.

Jeg kunne ikke tro hvor stort og vondt det føltes inni meg.

Fyller meg helt.

"Aaahhhh faen! Ja, ja, ja! Gi det til meg! Hardere! Faen meg hardere! Slå meg!"

Han begynte å klaske meg på baken mens han stampet meg hardt mot veggen.

Hanen hans gled nesten helt inn i anusen min fra det sterke dyttet han ga meg.

Så begynte han å trekke den ut, og la bare hodet inni, og han krasjet inn i meg igjen.

Det gjorde han flere ganger.

Det gjorde mindre og mindre vondt og nytelsen ble mer og mer utrolig.

Jeg lente armene mine mot veggen for å kunne fortsette å holde på at han tok meg med denne kraften.

Mens han holdt midjen min med den ene hånden og skulderen min med den andre, fortsatte han å knulle meg hardt.

Så senket han farten og vi startet en rytme.

Jeg rygget unna og møtte hvert av hans fremstøt.

Det var hypnotisk og det føltes så bra.

Deretter tok han hånden fra skulderen min, berørte kliten min og begynte å jobbe med den mens han fortsatte å knulle rumpa mi.

Jeg følte at jeg skulle løpe igjen.

Men han må ha kjent at musklene mine ble spente og stoppet.

"Du kan fortsatt ikke cum, tispe, jeg vil cum med deg denne gangen Cristina."

Michael hvisket de uanstendige ordene i øret mitt mens han trakk sin store kuk ut av min utvidede anus.

Deretter gikk han ned på knærne og begynte å kysse rumpa mi, startet ved begynnelsen av rumpa og sluttet ved det utvidede hullet mitt.

Dette overrasket meg.

Ingen av mine tidligere kjærester eller firmaer, så få som de var, hadde prøvd å kysse rumpa mi.

Men jeg hadde alltid lurt på hvordan det ville føles.

Nå har jeg sjansen min.

Han tok full kontroll over fitta mi og også rumpa mi.

Arbeider anus med tungen, setter så inn en finger, så to.

Tar seg sakte tid til å forberede det for ham.

Han strakk seg opp og begynte å leke med klitorisen min.

Knærne mine ble svake.

All denne stimuleringen føltes fantastisk, men den var også overveldende.

"Michael, vær så snill! Jeg kommer ikke til å orke så mye mer av dette. Gi meg det du har og få meg til å komme!" Jeg tryglet, gispet av begjær. "Men gjør det vanskelig, jeg vil at du skal dominere meg. Gjør hva du vil med meg."

Michael så på meg forundret og ga meg det jeg ville ha, det vi begge ønsket.

Først satte han kuken i den våte fitten min for å smøre den igjen.

Og så kjente jeg det i hullet igjen. Han dyttet hodet raskt inn og uten å vente på at det skulle være klart, satte han hele lemmet inn i meg. Det gjorde allerede så vondt, men pokker, det føltes så godt.

Han kjente at jeg ble anspent og begynte raskt å gynge frem og tilbake, og ga meg mer og mer dybde for hver gang.

Blir sterkere, villere.

Det var supervarmt.

Jeg kjente at han slo igjen, og slo meg hver gang han dyttet den store kuken inn i meg.

Det føltes utsøkt!

Han kjente at jeg ble mer spent og begynte å knulle meg enda hardere.

Holdt midjen min med begge hender, gled han dypere og dypere inn i meg til jeg kunne kjenne ballene hans smelle mot den våte fitten min.

Det føltes så godt.

Vi fikk opp farten og det tok alt.

Jeg følte meg så mett.

Han slo min straffede, røde rumpa om og om igjen.

" Åååååååååååååååååååååååååååå...Fan Michael...for en hard kuk du har. Det føles så bra, vær så snill, ikke stopp." Jeg tryglet ham.

"Kjempe, jeg har ingen planer om å slutte med det første. Du føler deg for bra og jeg har ventet lenge på dette. Jeg kommer til å knulle deg til du besvimer." Ne hvisket Michael mens han slo meg en gang til.

Men ordene hans var utløseren.

Han begynte å knulle meg enda hardere og leke med kliten min igjen.

Jeg kunne bare ikke vente lenger og begynte å kumme hardt.

Det kom ord ut av munnen min som jeg ikke engang er sikker på var sammenhengende.

Jeg kunne føle at han pumpet raskere og kuken hans svulmet opp inne i rumpa mi.

Deretter slapp han lasten inn i rumpa mi og fylte den opp.

Så siver jeg ut av rumpa og blander seg med saftene mine som renner nedover lårene mine.

Han pumpet et par ganger til og passet på å slippe alt inni meg.

Kroppen min vred seg av utsøkt nytelse.

Da vi begge var ferdige med å nyte våre etterlengtede orgasmer, falt vi til bakken.

Jeg satt der på fanget hans og snudde meg og prøvde å kysse ansiktet hans.

Han så inn i øynene mine og jeg i hans vakre hasselnøtte øyne.

Både vantro til hva vi nettopp gjorde.

Han gled sakte av baken min.

KAPITTEL VI

Etter en stund la Michael håret mitt bak ørene og sa:

"Cristina, jeg er så lei meg for at det tok meg så lang tid å fortelle deg hvordan jeg har det. Men jeg er glad du har det på samme måte for meg. Jeg har aldri følt det så mye om noen som deg."

Da tårene begynte å renne nedover ansiktet mitt, siden jeg aldri hadde følt meg så glad og forstått før, sa jeg det eneste jeg kunne.

"Jeg føler det samme!"

Vi satt der i et par minutter til og holdt om hverandre, helt til vi hørte noen komme nedover bakgaten.

Vi skyndte oss å kle på oss og løp den andre veien før noen kunne se oss og sprakk.

Da vi kom til restauranten for å henge med vennene våre, var alle allerede veldig spente.

De spurte hvor vi hadde vært og vi kom med en unnskyldning.

Jeg tror ikke de la merke til de store klønete glisene i ansiktene våre eller skjønte at vi hadde knullet hverandre grundig.

Jeg gleder meg til å komme hjem til Michael for å gjøre det så vanskelig igjen.

SLUTT

95

UNDERDANIG KVINNELIG KOKK
3

LYDIA

KAPITTEL I

Alt har vært en virvelvind de siste ukene.

For noen uker siden jævla jeg med Michael bare i fantasien.

Men helt siden Michaels første seksuelle møte med meg i smuget bak restauranten, hadde alt forandret seg.

Det som en gang bare skjedde i drømmene mine, hadde nå skjedd i det virkelige liv mange ganger.

I tillegg til den fantastiske og dominerende sexen, får Michael meg til å føle meg spesiell, vakker og ønsket som aldri før.

Jeg kommer fra en stor familie, som elsker meg veldig høyt.

Men de må elske meg og fortelle meg at jeg er vakker.

Michael trenger ikke si det!

Han sørger for at han vet at jeg er en spesiell jente for ham.

Michael og jeg bruker så mye tid vi kan sammen.

Vi sover nesten hver natt i hverandres leilighet.

Faktisk er han her hjemme hos meg akkurat nå.

Han sover fortsatt i sengen min.

Vi tilbrakte en lang og travel natt i restauranten.

Vi unnlater å gå ut med andre etterpå som vi pleier.

Vi har også klart å holde romantikken vår skjult på jobb og med venner og familie.

Jeg hadde ikke tenkt å ha et forhold til noen jeg jobber med.

Jeg vil forsikre meg om at dette skal fungere, men jeg er ikke sikker på hvordan det vil påvirke min autoritet som kjøkkensjef.

Så jeg vil bare være forsiktig til vi er klare til å gi beskjed til alle.

KAPITTEL II

Klokken er åtte om morgenen og jeg lager ham til favorittfrokosten siden han var liten, bare med et personlig preg.

Dette inkluderer pannekaker kombinert med banan, ananas og valnøtter, toppet med pisket krem og pølse ved siden av.

Og jeg har laget kaffe.

Alle luktene fra frokosten blander seg i luften som gjør at det lukter så godt her inne!

Jeg har ikke på meg annet enn T-skjorten hans og brillene mine, selvfølgelig.

Håret mitt er et rot fra den store jævla i går kveld, men jeg prøver å bruke fingrene for å temme det litt.

Jeg har favorittbandet mitt som spiller på Spotify

En av favorittsangene mine spilles over hele kjøkkenet.

Jeg svaier fra side til side, mister meg selv i den hjerteskjærende teksten til sangen.

"Du vet bare det jeg vil at du skal vite. Jeg vet alt du ikke vil at jeg skal vite. Munnen din er gift, munnen din er som vin. Du tror drømmene dine er de samme som mine ... Å, jeg vet ikke Jeg vet ikke. Nei, jeg elsker deg, men i morgen vil jeg. Å, jeg elsker deg ikke, men i fremtiden vil jeg..."

"Hva mer kan en mann be om først om morgenen?" sier Michael bak meg og overrasker meg. «Frokost, kaffe og en het jente i T-skjorten min», plystrer han til meg.

Jeg snur meg for å se Michael stå i kjøkkendøren i sine svarte og grå bukser og et utspekulert ansikt.

Øynene hans lyste som ild, fylt av begjær.

De myke, saftige leppene hennes delte seg litt, klare til å bli fortært.

Jeg kan se den morsomme bulen som fører til et deilig sted som jeg har blitt veldig godt kjent med.

Munnen min ble tørr og så på ham så guddommelig.

"Er den klar? Herregud, jeg er veldig sulten." sier han med et djevelsk smil om munnen.

Han vet godt hva jeg er sulten på nå og det er ikke mat.

Og to kan spille det spillet.

"Hvis du snakker om frokost, så ja." forteller jeg det mens jeg snur meg og begynner å sette opp tallerkenene og kaffekoppene våre. "Sov du godt? Jeg vet jeg gjorde det. Jeg sover alltid bedre når du ligger i sengen min. Spesielt etter god sex!"

"Er det sånn du gjør det? Da må du ha sovet veldig godt i natt." forteller han med et blunk og et skjevt smil.

Wow, jeg elsker munnen hans og tingene han gjør med den.

Jeg går bort til den lille kjøkkenøya der Michael har sittet og sitter med ham over kaffen vår, deretter pannekaker og pølseplater.

Når jeg satte meg ned passet jeg på å ta lett på ham med rumpa.

"Faktisk sov jeg veldig godt i natt, tusen takk. Spis nå, min sultne mann!"

Vi sitter ved siden av hverandre og berører lett av og til.

Jeg tok en finger og dro den over kremfløten som dekket pannekakene mine og slikket den sakte av mens jeg så på den hele tiden.

Jeg kunne se ham fikle og jeg visste at jeg kom til ham.

Imidlertid prøvde Michael å skjule det.

Jeg tok en av pølsebitene mine og begynte å suge saften ut av den.

Jeg nøt hvert fristende øyeblikk med å erte ham.

Dette fortsatte i noen minutter til, helt til Michael ikke orket mer.

Michael reiste seg og snudde meg rundt på krakken slik at han kunne stå mellom bena mine og se meg dypt inn i øynene.

Jeg kunne se at han var veldig spent.

Ereksjonen hans svulmet ut av pysjamasbuksene og han kom nærmere og nærmere min nå våte fitte.

Han begynner å bevege hånden opp mot ansiktet mitt.

Tenkte han skulle stikke håret mitt bak øret mitt som han pleier før han kysser meg.

Jeg ble overrasket over at han fortsatte fremover.

Lenker seg over, tar hun litt av kremfløten fra pannekakene mine og fører fingertuppene til munnen min.

"Åpne den," krever Michael.

Han er varm som faen når han er dominerende.

Jeg åpner munnen og han glir fingeren.

"Sug nå." Han fortsetter med sin strenge stemme.

Jeg gjør som han sier til meg og begynner å slikke og suge fingeren hans.

Det smakte søtt.

Michael kjørte den andre hånden opp og ned på låret mitt.

Hun kom nærmere og nærmere min stadig mer smertefulle femininitet.

Han legger mer pisket krem på fingeren.

Denne gangen la han den under øret mitt, så slikket han den med den så myke tungen sin.

"Løft opp armene". Michael forteller meg.

Igjen gjør jeg det han krever.

Så drar han skjorten min av armene mine og kaster den til siden et sted.

Etterlater meg helt avslørt.

C cup-brystene mine er nå nakne og brystvortene mine stivner når den kjølige luften fra takviften kjærtegner dem.

Han fortsetter å legge pisket krem på kragebenet mitt, hvor jeg har en tatovering av små fugler som flyr.

Så slikker han kremfløten og kysser så hver fugl.

Dette får meg til å smile.

Så beveger Michael seg ned til de muntre hvite brystene mine.

Han tar seg god tid til å erte hver brystvorte, slikker og suger på den ene etter den andre.

Munnen hans på brystene mine føles utsøkt og jeg begynner å stønne mens han biter forsiktig ned på dem.

Han fortsetter å gni hendene forsiktig på de indre lårene mine, noe som gir meg gåsehud over hele kroppen.

Så tar han meg rundt livet og løfter meg opp til disken.

Han må ha flyttet tallerkenen min på et tidspunkt, jeg la ikke engang merke til det.

Så legger han pisket krem tilbake på fingeren.

Han gir meg et mykt, mildt kyss.

Jeg vakler ved tanken på hvor han skal med fingeren denne gangen.

Så glir han den sakte inn i den stramme, varme fitten min.

Imidlertid tuller han veldig med dette spillet.

Det krever all kraft inni meg for ikke å miste kontrollen.

Men til slutt ga jeg etter for rytmen hans og lot ham rett og slett onanere fitta mi.

Jeg floker hendene mine inn i håret hans mens Michael fortsetter å invadere munnen min med tungen.

Jeg begynner å bite og trekke i underleppen hans.

Jeg hører ham stønne.

Michael glir inn en annen finger og begynner å pumpe dem raskere og bruker tommelen for å jobbe med klitorisen min.

Dette er utrolig!

"Michael! Det føles så bra. Ja... fortsett slik." Jeg tryglet ham.

Jeg tar en av hendene mine og sporer sakte hennes nakke, skulder, bryst med fingertuppene.

Fortsett å spore hånden min nedover.

Ned den sexy stien som fører meg til det stedet jeg elsker!

Jeg løsner snoren på pysjamasbuksene hennes og drar forsiktig i det de faller på gulvet.

Michael kommer seg ut av dem og sparker dem.

Jeg begynner å famle den perfekte rumpa hennes.

Jeg kjører neglene nedover ryggen hans og går ned igjen for å finne den lykkelige veien igjen.

Denne gangen fulgte jeg ham hele veien og tok de små hendene mine rundt den store harde kuken hans og begynte å pumpe den.

Jo raskere jeg pumper den fete delen hans, jo raskere jobber fingrene hans på fitta min.

" Cristina du er så jævla sexy. Du vet det ikke sant?" Sa han mens vi fortsatte å kysse og mens han fortsatte å knulle meg og leke med kliten min.

"Ja, jeg begynner å tro det. Men du får meg til å føle meg sexy." Jeg tilsto mens jeg slet med å utsette en orgasme som jeg følte vokste inni meg.

Michael må ha følt at jeg var i ferd med å komme da han raskt trakk fingrene tilbake og begravde ansiktet sitt i fitten min mens han fikk orgasme.

Han sugde hardt på kliten min og jobbet med tungen på leppene mine.

Da jeg begynte å komme, fortsatte han å slikke opp saftene som rant fra meg.

Jeg klamret meg til hodet hans, holdt ham på plass i fitten min mens jeg ropte i ekstase.

Han fortsatte å slikke og suge mens kroppen min begynte å vri seg mens bølger av nytelse skyllet over kroppen min.

KAPITTEL III

Da kroppen min begynte å roe seg, så Michael på meg med et glimt i øyet og et stort smil om munnen og sa:

"Det er min tur!"

Michael tok tak i meg rundt midjen og dro meg av disken.

Passer på at jeg er stødig på beina, før jeg setter meg ned på krakken.

"Det ville være min glede, sir!" sa jeg fårete mens jeg begynte å synke ned på kne over ham.

Jeg holdt den enorme kuken hans i min lille hånd, og så husket jeg pisket krem.

Jeg tror han trenger revansj for kampen fra tidligere.

Jeg reiser meg og han tar tak i meg.

"Hvor tror du at du skal?" Han forteller meg.

"Jeg bestemte meg for at jeg var sulten på mer enn bare pikken din." Jeg svarte med et smil, mens hun lette etter kremfløten på tallerkenen.

"Åååååååh, dette kommer til å bli uutholdelig og fantastisk på samme tid. Du er så slem." Michael svarte og lente seg tilbake mot disken.

Jeg puttet litt pisket krem i munnen hennes og kysset henne forsiktig og slikket resten av leppene hennes.

Så la jeg litt på brystvortene hennes og sugde på dem.

gikk inn på den lystige veien, la litt på navlen hennes og slikket den ren.

Jeg tok så litt mer pisket krem og la den langs hele stien, noe som førte meg til mitt lykkelige sted!

Jeg begynte sakte å slikke ham, frem og tilbake, opp og ned, helt til jeg fant meg selv på den store vakre kuken hans.

Nå var Michael allerede stønnet og sparket meg, men jeg er ikke ferdig med ham ennå.

Jeg tar litt mer av kremfløten og legger den lett på spissen, nedover skaftet og bunnen av hanen hans.

Jeg lar ham ligge der mens jeg holder ballene hans og begynner å slikke dem av.

Jeg suger på hver ball mens jeg ser ham se på meg.

Jeg kan se på øynene hans at han har blitt torturert nok, så jeg vil ikke være slem lenger.

Jeg legger endelig merke til hva han ville at jeg skulle gjøre, hva han ber meg med øynene.

Fra bunnen tar jeg all kremfløten til munnen med en stor slikk.

Så vikler jeg munnen min sakte rundt ham, og tar det meste av medlemmet inn i munnen min første gang.

Så begynner jeg å suge hodet alene, en stund.

"Fan babe! Du er for god mot meg! Munnen din er fantastisk!"

Michael kan knapt snakke før jeg tar ham til munnen min, hele medlemmet, igjen.

Så jeg starter et angrep på den store kuken hans.

Suger og slikker sin store kuk om og om igjen.

Jeg er nådeløs, jeg bringer ham til randen av orgasme og så stopper jeg.

"Hva gjør du? Jeg var nesten der! Ikke stopp." sa han med brennende øyne.

"Jeg vet bare ikke om jeg er sulten lenger. Du må tigge meg hvis du vil at jeg skal bli ferdig." Jeg forklarte mens jeg lett beveget tungen min på tuppen av kuken hans. "Vil du ha mer?"

"Ja, jeg vil at du skal suge den store, tykke kuken min til du får meg til å komme, så vil jeg at du skal drikke spermen min og svelge hver dråpe!" Han bestilte.

Så fortsatte han sakte:

"Vær så snill og takk!"

"Ok, siden du sa så pent, skal jeg gi deg det du vil ha."

Så jeg begynte å suge pikken hans igjen.

Jeg kom ned til ballene hans da det fikk meg til å kneble.

Jeg var veldig stolt over at jeg hadde klart å begrense kvalmen og satte meg tilbake på den store kuken hans.

Michael reiste seg og holdt hodet mitt og jeg kunne kjenne at han dunket bak i halsen min mens han knullet ansiktet mitt.

Jeg tok tak i baken hans og holdt meg fast mens han gikk fortere og fortere.

Jeg kunne kjenne at det begynte å hovne opp i munnen min.

Jeg visste at han gjorde seg klar til å sprenge lasten sin, så jeg holdt meg fast.

"Åhhh, ja, faen Cristina!" Han skrek mens han fløy lasten sin inn i munnen min med stor kraft.

Mens jeg tok all spermen hans og svelget den, knurret Michael og beordret:

"Det stemmer, vær en flink jente og svelg alt baby"

Han pumpet et par ganger til da den siste spermen sivet inn i munnen min som ventet på utgivelsene hans.

Han løftet meg opp.

Jeg tenkte for meg selv, det var en godt utført blowjob.

Jeg er sikker på at du likte det mye.

Michael bøyde hodet mitt opp og kysset meg ømt og gned meg lett på ryggen og skuldrene.

Så slår han meg hardt på rumpa og forteller meg:

"Du er en veldig dårlig jente som håner meg som du gjorde. Men jeg ville ikke ha deg på noen annen måte."

"Jeg forteller deg det samme, kjære. Jeg elsker deg." Jeg hvisket i ørene hans, mens jeg gned kløen på rumpa. "Jeg skal gjøre ferdig frokosten."

Så kysset jeg ham på kinnet og vi spiste frokosten.

KAPITTEL IV

Slik har det vært de fleste dagene siden vi har vært sammen.

Vi var lekne og elsket å spøke med hverandre.

Men vi kunne også være seriøse og ømme.

Jeg tror variasjon og moro er det som gjør et flott par.

I det minste fra min begrensede erfaring er det det som ser ut til å fungere mellom oss.

Senere samme dag dro Michael og jeg til restauranten for å gjøre oss klar til arbeidsdagen.

Jeg var i skyene.

Først fra den store faen fra kvelden før og nå fra den lekne morgenen vi hadde.

Jeg kunne ikke annet enn å smile.

Jeg har aldri vært lykkeligere i mitt liv.

Etter å ha klargjort oppvasken til middag, var det på tide å introdusere kveldens meny for servitørene.

Da jeg gikk ut til spisestuen stoppet jeg opp.

Der, ved bordet med resten av personalet og eieren, satt en ny servitør.

Hun var høy, og ut fra sin atletiske kroppsbygning kunne jeg se at hun tok veldig godt vare på seg selv.

Hun har mørkeblå øyne som lignet havet, rubinrøde lepper og langt krøllete blondt hår.

Jeg følte meg rød umiddelbart.

Jeg trengte å komponere meg selv så jeg kunne fortelle dem om middagsmenyen.

Da hun forklarte de forskjellige rettene til personalet og da de tok alt inn, prøvde hun å ikke se på den nye servitrisen.

Men å se henne putte matgaffelen min i munnen hennes og se henne nyte det var så varmt.

Jeg ble trukket til munnen hans og måten han slikket seg på leppene etter noen biter.

Måten hun lukket øynene, stønnet lett og la hodet bakover var veldig varmt.

Det var nesten som om hun prøvde å være sexy med vilje.

Endelig hadde de prøvd alt og kunne snakke med kundene om kveldens meny med førstehåndserfaring.

Han kunne ikke komme seg ut foran stedet raskt nok.

Så jeg gikk ut bakdøren for å kjøle meg ned litt etter...etter...vel, uansett hva det var.

Jeg bestemte meg for å bare børste det av litt.

Kanskje det bare er hormonene mine eller noe.

Det er ikke en stor ting.

Jeg gikk deretter inn igjen for å begynne vår travle tjeneste.

Jeg kunne ikke vente med å komme meg ut og møte den vanlige mengden av venner og kolleger på restauranten til middag.

Nervene hans var på overflaten og han trengte å hvile.

KAPITTEL V

På slutten av kvelden kysset Michael meg og fortalte meg at han ikke skulle til restauranten på middag i kveld.

Han har noen ting å gjøre om morgenen, og han trengte å legge seg tidlig.

Så jeg dro til restauranten alene.

Det er en typisk sekstitallsrestaurant.

De har en vinylplatemaskin som spiller tilfeldig musikk.

Og de har de beste burgere og pommes frites!

Det treffer virkelig spot etter en lang travel natt.

Da jeg kom dit var alt ganske dødt.

Det var et par gamle menn som er gjengangere her, ved disken og drakk kaffe og spiste kake.

I det ene hjørnet var noen tenåringer jeg ikke hadde sett før.

Så var det den gale gruppen vår.

"Hei alle sammen!" Jeg roper på dem fra døren når jeg ser dem ved vårt vanlige bord.

De var der alle sammen.

Michaels bror Tony, Frankie, en kokk fra en annen restaurant, John, en kokk, og Julia, en servitør, begge fra restauranten ... og ... OMG, det er henne!

Det er den nye servitøren.

Hvordan, hvorfor, hva...

Jeg klarer ikke engang å fullføre tankene mine når jeg begynner å kjenne at kinnene mine blir varme og fitta begynner å krible.

Jeg antar at Julia må ha invitert henne til å komme.

Dette blir en interessant kveld.

La oss se hvordan dette går.

Jeg håper jeg ikke er latterlig.

Jeg tenker på alt dette mens jeg leter etter et sted å sitte.

Så reiser den nye jenta seg.

"Hei, jeg heter Lydia, den nye jenta. Du kan sitte ved siden av meg hvis du vil." Hun forteller meg, med en sydlandsk aksent og et hyggelig smil.

Jeg ser på munnen hennes mens hun snakker til meg.

Så tar han tak i hånden min og drar meg forsiktig til bordet.

"Jada, antar jeg. Det er hyggelig å offisielt møte deg, Lydia. Jeg er Cristina." Jeg fortalte henne.

Så jeg glir inn i det store hjørneskapet der Lydia satt og hun setter seg ved siden av meg.

Michaels bror Tony er på min høyre side og Lydia på min venstre side.

Frankie, John og Julia er foran meg.

Vi bestilte alle mat og drikke.

Lydia forteller oss om henne.

Hun er fra et sted i sør, noe som er tydelig fra aksenten hennes.

Hun flyttet hit for å komme seg ut av den lille byen sin fylt med mange travle interesser i hennes personlige liv.

Han liker ikke at folk kan all virksomheten hans, sa han.

Så la han umiddelbart hånden sin på beinet mitt og klemte det, noe som selvfølgelig ga meg krypene.

Hva prøver han å si?

Det virker for meg som det er en skjult melding her et sted.

Vi snakker om jobb og liv generelt.

Så begynner Frankie å fortelle oss en morsom historie om en jente han nylig datet, som gikk fryktelig galt.

Mens Frankie forteller historien sin, begynner Lydia å gni hånden mot beinet mitt.

Opp og ned kommer sakte nærmere mine indre lår og så nærmere min nå våte fitte.

Herregud, berøringen hans føles så god.

Jeg ser meg rundt og ser om noen legger merke til hva de gjør, men det gjør de ikke.

Takk Gud.

Men hvordan kan jeg føle det slik?

Jeg elsker Michael og jeg trodde jeg ikke likte kvinner.

Men hun gjør meg så varm akkurat nå.

Jeg ser for meg henne i sengen min, kysser meg... slikker meg...

"Wow! Alt dette ser så bra ut folkens. Dere har alle funnet en perle av et sted!" sier Lydia og avbryter tankene mine ved at maten kommer.

Lettet over at maten er her, begynner jeg å spise burgeren og pommes frites.

Jeg skulle ønske Lydia ville la meg være i fred nå.

Det er imidlertid ikke tilfelle.

Selv om hun ikke lenger har hånden på beinet mitt, slikker hun saften og saltet fra fingrene, veldig sakte.

Jeg legger merke til at Frankie og Tony ser på henne.

Jeg mener jenta suger og lager fingermat.

Han viser oss at han har noen vanvittige sugeferdigheter, og nå er de tydelige.

Hun gjør meg så distrahert og spent.

Jeg kan knapt spise maten min.

Til slutt er alle ferdige og Frankie prøver å få Lydia til å dra med ham.

Men Lydia avviser ham med sin sørlige sjarm.

Så han og Tony drar, med det som ser ut til å være en viss irritasjon etter den skjermen Lydia nettopp satte på.

Julia ser på John, de har vært sammen i et par måneder, og sier:

"Er du klar til å gå til huset mitt? Jeg vet at jeg er!" Sier hun med tydelig løfte i øynene.

Så drar de sammen.

"Vel, Lydia, jeg drar hjem. Det var hyggelig å henge med deg. Du burde komme tilbake til oss . Jeg synes du var en suksess!" Jeg fortalte henne.

Jeg sklir ut av skapet og går mot døren.

"Ja, jeg tror jeg kommer tilbake. Har du gått her? I så fall kan jeg gå med deg. Jeg bor veldig nærme, veldig nær restauranten, men jeg liker virkelig ikke å være alene på denne tiden av natten ." Lydia tilstår for meg mens hun følger meg ut av restauranten.

Hun ser redd ut, men det er noe annet der, men jeg er usikker på hva.

"Jada, jeg bor et kvartal fra restauranten, så det er perfekt." Jeg fortalte henne.

Så tar han tak i hånden min og sier takk.

Mens vi går, forteller hun meg mer om familien sin hjemme.

Jeg forteller ham også om min.

Vi hadde ganske like liv da vi vokste opp.

Det er veldig hyggelig å snakke om de tingene med noen som forstår småbylivet.

Mens vi rykker opp foran huset hennes, slipper hun hånden min og snur seg mot meg, legger hendene rundt midjen min og sier:

"Vel Cristina, takk for at du fulgte meg hjem. Det har vært hyggelig å snakke med deg og bli mer kjent med deg. Men jeg vil gjerne bli enda bedre kjent med deg."

Så lener han seg inn og kysser meg.

Munnen hans er så myk og mild som jeg forestilte meg.

Tungen hennes invaderte munnen min da jeg åpnet den for å invitere henne inn.

Det smaker kirsebær.

Jeg mister meg selv i kysset.

Hendene hennes berører rumpa mi og dytter meg mot henne.

Men jeg kommer raskt tilbake til virkeligheten og skjønner hva jeg gjør.

Jeg kan ikke gjøre dette, ikke mot Michael.

Så jeg går bort og forteller ham:

"Jeg beklager at jeg ga deg en fot eller noe, men jeg har en kjæreste som jeg elsker så mye, og jeg kan bare ikke gjøre dette mot ham. Jeg synes du er vakker og veldig hyggelig. Men...jeg kan bare" t."

"Cristina, du er en nydelig jente, og jeg er ikke overrasket over at du ser noen. Jeg ville blitt overrasket hvis du egentlig ikke gjorde det." Lydia svarer meg.

Jeg vet ikke hva jeg skal tenke.

"Hvis du vet at jeg er sammen med noen, hvorfor erter du meg?"

Jeg ber deg trekke deg tilbake.

"Cristina, jeg la merke til reaksjonen din på meg under smakingen av menyen. Jeg så deg så på meg og hvordan du rødmet. Så lot du meg gni beinet ditt i restauranten."

Hun begynner å gni fingeren over leppene mine.

Fortsett deretter:

"Jeg vet at du tenkte på meg. Tenker på hva du vil at jeg skal gjøre mot deg. Du ville at jeg skulle kysse deg slik."

Så planter hun et kyss på halsen min.

"Vil du at jeg skal røre deg".

Så legger han en av hendene sine på rumpa mi nesten i fitta mi.

"Vil du at jeg skal slikke deg, her"

Så la han den andre hånden sin på fitten min og begynte å stryke den.

Jeg nyter det hun gjør mot meg.

Kysser halsen min, leker med rumpa og nå med fitta!

Det føles så bra, men rampete og dristig på samme tid.

"Jeg vet at du vil ha meg Cristina, og det er greit å la det gå og la det skje. Vær så snill å bli med meg. Jeg vil ikke få deg til å gjøre noe du ikke er komfortabel med. Jeg lover."

Hun tar hånden min og jeg følger etter henne.

Det er som om ordene hans trollbinder meg.

Hun har meg så i varme akkurat nå.
Jeg er kitt i hendene hans.

KAPITTEL VI

Vi går inn i leiligheten hennes og hun setter på litt musikk.

Det var 30 Seconds to Mars, favorittbandet mitt!

Jeg kunne ikke tro det.

Sangen var "The Kill."

Lyden fyller stuen.

Jeg lukker øynene og begynner å vugge frem og tilbake til teksten.

"Liker du denne sangen Cristina?" spør Lydia mens hun gir meg et glass hvitvin.

"Ja, faktisk er 30 Seconds to Mars favorittbandet mitt!" forteller jeg det mens han sitter ved siden av meg på sofaen.

Vi sitter og drikker vinen vår og hører på sangen.

Lydia setter glasset sitt på bordet og tar så mitt fra meg for å sette det ned på bordet også.

Hun tenner noen lys som står på bordet.

Så retter han oppmerksomheten mot meg.

Hun begynner å kjøre håndryggen over skuldrene mine, opp armen min og tilbake til skuldrene mine.

Så fører han fingrene til brystet mitt og sporer halsen på den lilla skjorten min og kysser der fingrene hans var.

Jeg visste plutselig at jeg ville ha henne og ingenting annet i dette øyeblikket.

Jeg strekker meg etter haken hennes og bringer ansiktet hennes nærmere mitt.

Jeg ser inn i de dypblå øynene hennes et øyeblikk og tar så munnen hennes i besittelse med min.

Lidenskapelig knuller den vakre munnen hennes.

Hendene mine er flettet inn i håret hans mens jeg drar forsiktig.

"Ahhhhh..." stønner Lydia inn i munnen min.

Lydia begynner å ta av toppen min og deretter den svarte BH-en min.

Hun stopper for å slikke hver brystvorte på meg.

Så tar jeg av den rosa T-skjorten hennes og den rosa blonde-BHen hennes.

Gud!

Hun har virkelig en fantastisk kropp og fulle overdådige bryster.

De bør være minst en D-kopp, kanskje dobbel D.

Jeg tar de smidige brystene hennes i munnen og suger på brystvorten hennes.

Jeg klyper den andre så han ikke føler seg utenfor.

Mens jeg jobber med brystene hennes, begynner hun å kneppe opp jeansen og så knepper hun opp mine.

Jeg slipper brystene hennes og Lydia dytter meg ned på sofaen.

Det tar pusten fra meg, hun ser så sexy ut!

Jeg kan ikke tro at dette skjer.

Jeg kan ikke tro at jeg føler dette sterkt for henne.

Lydia legger fingrene på midjen min og drar ned buksene mine.

Jeg prøver å hjelpe henne, prøver å sparke dem.

Til slutt drar hun i dem og de er fri fra føttene mine.

Jeg ligger der på sofaen hans helt naken bortsett fra den svarte stringtrosa mi.

Hun tar opp foten min og begynner å suge på tærne på venstre fot.

Så kysser han seg oppover benet mitt, oppover låret mitt.

Den starter så tilbake ved tærne på høyre fot og jobber seg oppover benet til innerlåret.

Myke og varme kyss varmer huden min.

Jeg puster tyngre enn før.

Jeg kjenner lukten av kokosduftlysene du tente tidligere.

Jeg elsker lukten av stranden, og nå minner den meg om hennes havblå øyne.

Jeg ser på henne og hun ser intenst på meg, og etterlater et spor av kyss på den bleke huden min.

Når han kommer til fitta mi, slikker han først på begge sider av de ytre leppene mine.

Så drar han stringtrosa mi til siden og beveger tungen over den hovne klitorisen min.

Hun gjør det om og om igjen.

Går fortere og fortere.

Så dypper han tungen inn i mine indre lepper og begynner å slikke.

Hun tar saftene som allerede er tilstede i den våte fitten min.

Så begynner han å suge på kliten min igjen.

"Fan Lydia! Å herregud det føles så jævla bra kjære" sier jeg til henne mellom pustene.

Jeg strekker meg ned og legger hånden i håret hennes og leker med puppene mine med ledig hånd.

Men hun tar hendene mine og legger dem på hver side av meg og fortsetter å suge uten å gå glipp av et slag.

Hun er dominerende og nådeløs og det tenner meg enda mer.

Han fortsetter å suge, og nå jobber fingrene hans med den gjennomvåte fitten min.

Jeg vet ikke hvor mye mer jeg kan ta før jeg får orgasme.

"Å herregud!" Jeg skriker når kroppen begynner å riste.

Lydia prøver å ta tak i hendene mine mens jeg beveger meg under den smarte munnen hennes.

"Ok, la det gå. Slutt å hold på og finn løslatelsen din." Hun oppmuntrer meg.

Ordene hans var det jeg trengte å høre, og jeg slapp.

Hun slapp hendene mine og holdt meg i rumpa mens hun fortsatte å spise fitta mi.

Jeg begynte å bli veldig sterk.

Kroppen min fikk krampetrekninger.

Bølger av ekstase begynte å skylle over meg.

Jeg svevde lenger og lenger fra virkeligheten.

Helt til jeg fullførte den mest utrolige orgasmen jeg noen gang har hatt i mitt liv.

KAPITTEL VII

Når jeg fikk igjen pusten, kysset Lydia meg nedover kroppen min og tok seg god tid på puppene mine.

Så gikk han opp og fortsatte å kysse meg på munnen.

Jeg kunne smake saftene mine i henne.

Den smakte så søtt blandet med kirsebærlipglossen hennes at jeg følte at den var der, på henne. nå.

Duften av de blandede stearinlysene gjorde meg begeistret igjen.

Jeg tok tak i henne og snudde meg så hun var under meg.

Jeg kysset henne hardt, bet og trakk i underleppen hennes.

Dette fikk henne til å stønne.

Han la hånden opp mot ansiktet mitt og gned meg på kinnet med tommelen.

Den var så søt og fikk meg til å smile.

Vi ser hverandre i øynene et øyeblikk.

Så jeg begynte å kysse øret hennes.

Napper og suger lett på øreflippen.

Hun begynner å nynne.

Jeg elsket lyden han laget fordi han liker det jeg gjør.

Jeg begynte å bevege meg og kysse henne nedover halsen, over kragebenet og opp til brystet.

Hun leker med håret mitt.

Jeg slikker mellom de enorme brystene hennes og tar inn duften hennes som den gjorde meg.

Så fortsetter jeg ned til navlen hennes.

Hun har en stram mage med fantastiske magemuskler.

Jeg slikker navlen hennes og stikker inn tungen.

Så begynner jeg å bevege meg lenger sør.

Jeg kysser hoftene hennes og deretter den lille landingsstripen som fører til den våte fitta hennes.

Jeg trekker pusten dypt og hun lukter så godt.

Summingen hennes blir høyere når jeg tar min første slikk av denne kvinnens fitte.

Hun smakte søtt som en fersken.

Jeg så opp for å se om han likte det, og øynene hans var lukket, munnen hans var åpen, og jeg skjønte at han peset.

Det ser ut til at hun nyter det.

Jeg fortsetter å slikke og utforske fitta hennes med tungen min.

Jeg finner kliten hennes og drar tungen over den raskt og begynner så å suge på den.

Lydias hender går umiddelbart til hodet mitt mens hun gjør tegn til meg å fortsette.

Så jeg fortsetter å suge på kliten hennes.

Så glir jeg en finger inn i fitta hennes.

Det er veldig tett.

Jeg kan ikke la være å lure på om hun noen gang har vært sammen med en mann før.

Jeg jobber med fitta hennes til jeg løsner den litt, så skyver jeg en finger til.

Jeg fortsetter å suge og slikke kliten hennes mens jeg knuller henne med fingrene.

Jeg legger så tommelen i det stramme rumpehullet hennes og begynner å gni den.

Dette fortsetter en stund og jeg begynner å kjenne at hun rister.

Jeg vet at hun er nær så jeg begynner virkelig å pumpe fingrene mine inn og ut av den stramme fitta hennes raskere.

Jeg suger hardere på kliten hennes og gnir rumpa hennes raskere.

Hun griper hodet mitt hardere og begynner å presse inn i bekkenet hennes mens hun blir hard.

Saften hennes begynner å sive ut av henne og jeg tar så mye jeg kan få i munnen.

Hun begynner å komme ned fra orgasmen så jeg kjærtegner lett kroppen hennes mens hun begynner å vri seg.

Jeg stopper.

Jeg rekker opp hånden og kysser den.

"Det var fantastisk Lydia! Jeg elsket å se deg komme sånn!" Jeg fortalte.

"Er du sikker på at du ikke er interessert i kvinner? Det som er sikkert er at du vet hvordan du bruker den munnen din!" Hun spurte meg.

"Nei, jeg var ikke interessert. Men jeg håper det ikke blir siste gang jeg gjør det heller!" Jeg forteller ham med et lerende smil om munnen sammen med saftene hans.

"Jeg håper ikke det heller. Jeg vil at du skal gjøre det mot meg mange ganger til!" sa Lydia med et fornøyd smil.

SLUTT

www.ingramcontent.com/pod-product-compliance
Lightning Source LLC
Chambersburg PA
CBHW022016150726
47990CB00002B/683